目次

第一章　辻斬り

1

狩谷唐十郎《かりやとうじゅうろう》は、狩谷道場のなかほどに立っていた。腰に差した刀の柄《つか》に手を添えている。道場には、唐十郎の他に道場主の狩谷桑兵衛《そうべえ》と師範代の本間弥次郎《ほんまやじろう》の姿があった。桑兵衛は唐十郎の父親であり、小宮山流居合《こみやまりゅういあい》の師匠でもあった。

小宮山流居合は、富田《とだ》流居合の分派で、甲斐国《かいのくに》の小宮山玄仙《げんせん》なる者が興《おこ》したといわれているが、はっきりしない。今はそうした両派を継いでいる者もいないようだ。

いずれにしろ、ここに道場を開いたのは先代の重右衛門《じゅうえもん》で、桑兵衛も後《のち》に二代目重右衛門を名乗ることになるだろう。

唐十郎は狩谷道場の門弟たちが稽古《けいこ》を終えて道場から帰った後、桑兵衛の指南を受けて稽古を始めたのだ。

「入身迅雷《いりみじんらい》、まいる」

唐十郎は言いざま、素早く踏み込んだ。

イヤアッ!

裂帛《れっぱく》の気合とともに、抜刀《ばっとう》した。

　かすかに刀身の鞘走《さやばし》る音がし、閃光《せんこう》が架空の敵の真っ向へ斬り下ろされた。刀身が空《くう》を斬ると、唐十郎は素早く鞘に納めた。居合は抜刀だけでなく、納刀《のうとう》も技のうちである。

「いい動きだ！　踏み込みが速い」

　桑兵衛が声をかけた。

　弥次郎も「若師匠、お見事です！」と感嘆《かんたん》の声を上げた。

　入身迅雷は、小宮山流居合の技のひとつである。ちなみに、小宮山流居合は、初伝《しょでん》八勢《はっせい》、中伝十勢《ちゅうでんじっせい》、奥伝三勢《おくでんさんせい》の三段階に編まれていた。入身迅雷は、中伝十勢のなかの技である。その技名のごとく、敵の正面から踏み込み、稲妻のように素早く真っ向へ斬りつける。

　狩谷道場の門弟は中伝十勢の稽古に入る前に、初伝八勢を身につけねばならない。初伝八勢は入門すると、すぐに取り組む技だった。立居、正座、立膝からの抜き付けが、小宮山流居合の基本の技といえる。

　初伝八勢が身につくと、中伝十勢を修行することになる。中伝十勢は、実戦に近い十の技である。そして、中伝十勢が身につくと、奥伝三勢に進む。まさに、奥伝三勢は、小宮山流居合の奥義《おうぎ》といっていい。

奥伝三勢を会得《えとく》すると、小宮山流居合の印可状《いんかじょう》が与えられ、小宮山流居合を名乗って指南することもできる。

さらに、小宮山流居合には、奥伝三勢の他に「鬼哭《きこく》の剣」と呼ばれる必殺剣があった。これは一子相伝《いっしそうでん》の技で、いまは小宮山流居合の継承者である桑兵衛しか身につけていない。鬼哭の剣は、遠間から抜き付けの一刀を敵の首筋にあびせ、血管《ちくだ》を斬る技である。血管から勢いよく迸《ほとばし》り出る血の音が、亡霊でも泣いているように聞こえ、鬼哭を思わせることから、鬼哭の剣と呼ばれるのだ。

「次は入身右旋《うせん》、参る！」

唐十郎は声を上げ、居合の抜刀体勢をとったまま踏み込んだ。

そして、体を右手にむけ、さらに一歩踏み込んで抜刀した。素早い太刀《たち》捌《さば》きである。右手にいる敵を想定し、体を右手にむけざま斬ったのだ。

「お見事！」

弥次郎が声を上げた。

それから、唐十郎は中伝十勢のなかの入身左旋《させん》、逆風《ぎゃくふう》などの技の稽古をつづけた。

唐十郎の顔を汗がつたい、息がすこし荒くなったとき、道場の戸口で足音がした。見ると、門弟がふたり、慌《あわ》てた様子で道場内に入ってきた。

「堀川《ほりかわ》、どうした」

　すぐに、桑兵衛が訊《き》いた。

　唐十郎と弥次郎も居合の稽古をやめ、道場に入ってきたふたりの門弟に目をやっている。堀川太四郎《たしろう》と一緒に来た田代政之助《たしろまさのすけ》は、一刻《とき》（二時間）ほど前、居合の稽古を終え、それぞれの屋敷へ帰るために道場を出ていた。今は、七ツ（午後四時）ごろだろう。道場内にも、淡《あわ》い西日が差している。

「た、大変です！　青山《あおやま》が、斬られました」

　堀川が、声をつまらせて言った。

　青山源之助《げんのすけ》も狩谷道場の門弟で、堀川たちより半刻（一時間）ほど前に道場を出ていた。

「なに、斬られたと！」

　桑兵衛が、身を乗り出して言った。驚いたような顔をしている。

「は、はい、下谷《したや》の長者町《ちょうじやまち》で……」

「だれに、斬られたのだ」

　桑兵衛が訊いた。

「分かりません」

「長者町の、どの辺りだ」

長者町は道場の北方にある町で、一丁目から二丁目まで細長くつづいている。長者町と聞いただけではどこか分からないが、一刀流道場をひらいていた青山家の屋敷は先代庄兵衛《しょうべえ》の死後、神田豊島町《としまちょう》から長者町の近くに移ったので、殺されたのは屋敷附近かもしれない。

「一丁目に入って、すぐだそうです」

堀川が言った。

「行ってみよう」

桑兵衛は、手にした刀を腰に差した。

唐十郎と弥次郎も、刀を差して桑兵衛につづいた。

狩谷道場は、神田松永町《かんだまつながちょう》にあった。長者町は遠方である。

唐十郎たちは道場から出ると、堀川と田代が先にたった。そして、道場の脇の道から御徒町《おかちまち》通りに出た。その辺りは旗本や御家人の屋敷が多いので、供連れの武士や中間《ちゅうげん》などが行き交っていた。

御徒町通りを北にむかい、いっとき歩いてから、左手の通りに入った。通り沿いには、御家人や旗本の屋敷が並んでいる。

武家地のつづく通りをしばらく歩くと、通りの先に町人の家や店などが見えてきた。その辺りから、町人地の下谷長者町一丁目である。近くまでくると、通りにも町人の姿が目につくようになった。

唐十郎たちは、町人の家や店が建ち並ぶ地域の角まで来た。そこを右手に折れると、通りの北側が町人地で、道を隔《へだ》てた南側が武家地になっている。

「あそこです！」

堀川がそう言って、通りの先を指差した。

見ると、半町ほど先に人だかりができていた。町人だけでなく、武士や中間などの姿も目についた。武士は近所の屋敷に住む御家人や旗本であろう。

ただ、人通りの少ない道なので、人だかりは思ったより少なかった。それに、辺りは淡い夕闇につつまれている。

「近付いてみよう」

桑兵衛が言い、五人は小走りになった。

2

唐十郎たちが人だかりに近付くと、

「どいてくれ！　斬られた男の知り合いの者だ」

堀川が声高《こわだか》に言った。すると、集まっていた男たちが唐十郎たちを見て、慌てた様子で左右に身を退《ひ》いた。

人だかりのなかほどの地面に、男がひとり俯《うつぶ》せに倒れていた。顔は見えなかったが、すぐに青山と知れた。青山は肩から背にかけて斬られ、小袖が血に染まっていた。出血が激しい。周囲に、赭黒《あかぐろ》い血が飛び散っている。

唐十郎は倒れている青山の脇に膝を折り、

「体を起こしてみます」

と言って、脇にいた弥次郎とふたりで青山を仰向《あおむ》けにしてから、上半身を起こした。そして、弥次郎が青山の背後にまわって体を支えた。

青山の体を正面から見ると、どこにも傷がなかった。やはり、背後からの一太刀で仕留められたらしい。

「背後から、袈裟《けさ》に一太刀か」

唐十郎が、顔をしかめて言った。

「青山を斬った男は、腕がたつとみていいな」

桑兵衛が言った。青山の死体を見つめた双眸《そうぼう》が、鋭く光っている。桑兵衛はひとりの剣客《けんかく》として、青山を斬った者の剣の腕のほどをみたようだ。

「何者が、青山を斬ったのだ」

唐十郎は、何者が何のために青山を斬ったのか、知りたかった。

「辻斬りということはあるまいし、青山が他流試合を挑んで殺されたとも思えない」

弥次郎が、青山を見据《みす》えながら言った。

「近所の者に、話を聞いてみますか。青山が斬られたとき、見ていた者がいるかもしれません」

唐十郎が、そばにいた男たちに目をやって言った。

「そうだな」

桑兵衛が言った。

その場にいた五人の男は、小半刻（三十分）ほどしたらその場にもどることにし、近所で聞き込んでみることにした。

小半刻と短時間にしたのは、すこし離れた場に野次馬たちの姿があったし、辺りが夕闇に染まっていたので、すぐに暗くなるとみたからである。

ひとりになった唐十郎は、長者町一丁目沿いの道を北にむかって歩いた。左手の町人地には町人の家や店などが建ち並び、右手の武家地には御家人や旗本の屋敷がつづいている。唐十郎は、道沿いにあった八百屋《やおや》に目をとめた。客の姿はなく、店の親爺《おやじ》らしい男が、入口近くの台に並べられた大根を並べ替えていた。客が手にして、乱雑になったのだろう。

唐十郎は親爺に近付き、

「ちと、訊きたいことがある」

と、小声で言った。声を大きくすると、八百屋の脇にある米屋の者にも聞こえそうだ。

「なんです」

親爺が、素っ気《そけ》なく言った。唐十郎のことを店の客ではない、とみたからだろう。

「そこで、若い侍《さむらい》が斬られたのだが、知っているか」

唐十郎が訊いた。

「知ってやす。あっしは、お侍が斬られるのを見てやしたから」

親爺が、唐十郎に身を寄せて言った。

「見てたのか!」

思わず、唐十郎が訊き返した。

「へい、ちょうど店先にいたとき、怒鳴り声が聞こえたんでさァ。それで、声が聞こえた方に目をやると、近くを通りかかった者たちが、悲鳴を上げてばらばら逃げて行くのが見えやした」

親爺が、昂《たかぶ》った声で言った。そのときのことを思い出したのだろう。

「若侍を斬ったのは、どんな男だ」

すぐに、唐十郎が訊いた。

「三十がらみと思われる大柄なお侍でさァ」

「その侍と斬られた者との間で、何かやりとりがあったか」

「ありやした」

「話してくれ」

唐十郎が、身を乗り出して言った。

「大柄なお侍が道場の名を出して、若いお侍に何か訊いたようでした」

「狩谷道場の者か、と訊いたのではないか」

「そうでさァ！　確か、狩谷道場と言いやした」

親爺の声が大きくなった。

「それで、どうした」

さらに、唐十郎が訊いた。やはり、大柄な武士は青山が狩谷道場の者だとみて、斬ったらしい。

「狩谷道場の者なら、このまま帰《けえ》すわけには、いかぬ。貴様、青山だな。狩谷道場の御陰で、おれの道場はつぶれたのだ、と言って、刀を抜きやした。……若いお侍は何も言わず、その場から逃げようとしやした」

「それで」

唐十郎が、話の先をうながした。

「い、いきなり、大柄なお侍が刀を抜いて、斬りつけたんでさァ」

親爺が、声をつまらせて言った。顔が強張《こわば》っている。そのときの様子を思い出したようだ。

「大柄な武士は、背後から斬ったのだな」

唐十郎が訊いた。

「そうでさァ」

「若い武士は、一太刀で仕留められたのか」

唐十郎の脳裏《のうり》に、背後から袈裟に斬られていた青山の死体が浮かんだ。

親爺は無言でうなずいた後、

「若《わけ》えのに、可哀《かわい》そうなことをしやした」

と、小声で言った。

「ところで、この近くに、剣術道場があるのか」

唐十郎は、この近くに剣術道場があったような気がしたが、はっきりしなかった。

「あっしは知らねえが、若いお侍とのやりとりのなかで、大柄な武士が、おれの道場は岩井町《いわいちょう》にあったと言ってやしたぜ」

「岩井町か」

唐十郎は思い出した。岩井町に剣術道場があったと耳にしたことがある。ただ、道場名を聞いただけである。

和泉橋《いずみばし》のたもとから柳原《やなぎわら》通りを西にむかい、左手に入る道をいっとき歩くと、岩井町に出られる。

唐十郎は父の桑兵衛に訊けば、道場のことは分かるだろうと思い、

「手間を取らせたな」

と、親爺に声をかけ、店先から離れた。

唐十郎は、集まることになっていた青山の遺体のそばにもどった。桑兵衛、堀川、田代の三人の姿はあったが、弥次郎はまだだった。

唐十郎がその場にもどって間もなく、

「本間も来たようだ」

桑兵衛が、通りの先を指差して言った。

弥次郎も、青山が殺された現場から離れた場所で聞き込みに当たっていたらしい。

弥次郎が、走ってくる。唐十郎たち四人が集まっているのを目にして、自分だけ遅れたと思ったのだろう。

3

「も、申しわけない。遅れたようです」

弥次郎が、息を弾ませて言った。

「おれも、今、ここに戻ったばかりだ」

唐十郎はそう言って、弥次郎の荒い息が収まるのを待ち、

「八百屋の親爺から聞いたのですが」

と前置きして、大柄な武士は、青山がおれたちの道場の門弟であることを確かめてから斬ったらしい、と話し、

「そやつの道場は、岩井町にあったようです」

と、言い添えた。

「岩井町だと！」

桑兵衛の声が大きくなった。岩井町は神田川にかかる和泉橋の近くで、柳原通りの南に位置している。

「そう聞きました」

唐十郎が言った。

「おれも、岩井町に剣術道場があると聞いた覚えがある。そやつは、青山がおれたちの道場の門弟であることを確かめてから斬ったのだな」

桑兵衛が、念を押すように訊いた。

「そのようです」

「わしらの道場に、恨《うら》みでもあるのかな」

桑兵衛が首を捻《ひね》った。

「おれも、大柄な武士のことを聞きました」

弥次郎が、身を乗り出して言った。

「話してくれ」

桑兵衛が言った。

その場にいた唐十郎たち三人は、弥次郎に目をむけた。

「道沿いにある古着屋の親爺から聞いたのですが、大柄な武士が、若い武士に斬りつけるのを見たそうです」

弥次郎が言った。

「やはりそうか。……いずれにしろ、その大柄な武士が何者かつきとめることだな。そうすれば、青山の敵《かたき》も討《う》ってやれる」

桑兵衛が言うと、近くにいた唐十郎、弥次郎、堀川、田代の四人がうなずいた。

次に口を開く者がなく、その場が重苦しい沈黙に包まれると、

「青山の遺体ですが、このままにしておくことはできません」

唐十郎が言った。

「それがしが、青山家に行き、ことの次第を伝えます。今夜のうちに遺体の引き取りに来ればいいのですが、遅いし、遺体を引き取る手立ても考えねばなりませんの

で、明朝《みようちよう》になるかもしれません」

堀川が言った。すでに、辺りは暗くなっていた。今日のうちに、遺体を引き取るのは、難しい。

堀川によると、青山家と堀川家の屋敷は下谷練塀小路《ねりべいこうじ》沿いにあり、屋敷が近いこともあって近所付き合いをしているという。

練塀小路は御徒町通りの西方にあり、通り沿いには御家人や旗本の屋敷がつづいている。

「いずれにしろ、明朝、おれたちも、ここに来てみる」

桑兵衛が言うと、唐十郎と弥次郎がうなずいた。


翌朝、明け六ツ（午前六時）を過ぎて間もなく、狩谷道場の裏手にある母屋《おもや》に弥次郎が姿を見せた。

弥次郎の家は、神田相生町《あいおいちよう》にあった。狩谷道場のある神田松永町の隣町である。本間家は、女房のりつと娘の琴江《ことえ》の三人家族である。弥次郎は妻子思いで、夜遅くなっても家に帰るようにしているようだ。

「本間、朝飯はどうした」

桑兵衛が訊いた。

「食べてきました」

「まだ早いが、出掛けるか」

桑兵衛が、立ち上がった。

唐十郎、桑兵衛、弥次郎の三人は、母屋を出た。

今日は三人とも道場の稽古には、くわわらない。珍しいことではなかった。狩谷道場の門弟は大勢ではなく、唐十郎たちがいなくても、道場内で勝手に稽古をしていいことになっていた。居合の場合は、真剣勝負さながらに稽古相手と竹刀《しない》で打ち合うことはないし、それぞれが、独りで居合の刀法の稽古をすることができる。

唐十郎たち三人は道場を出ると、御徒町通りに入った。そして、北にむかい、昨日と同じ道をたどって、下谷長者町一丁目に入った。さらに歩くと、青山源之助が斬られた場所の近くまで来た。

数人の武士の姿があった。青山源之助の死体は、その場にないようだ。青山家の者が、遺体を引き取ったのかもしれない。

その場に立っていたのは、門弟の堀川と田代、それにひとりの武士だった。その武士は、殺された青山の道場の高弟木島勝三郎《きじまかつさぶろう》である。

唐十郎は、源之助が狩谷道場に入門の折に一緒に来た木島の顔を覚えていた。

木島は、唐十郎たち三人が近付くのを待って、

「……源之助どのが、このようなことになり、無念でなりませぬ。……遺体は、昨夜のうちに引き取りました」

と、声を震わせて言った。

「われらも、無念です。……下手人は辻斬りのようですが、何者かはっきりさせ、源之助の無念は、晴らすつもりです」

桑兵衛が言うと、脇にいた唐十郎と弥次郎が、うなずいた。どの顔も、いつになく厳しかった。

「そ、それがしも、源之助どのの無念を晴らしたい。……何か、できることがあれば、声をかけてくだされ」

木島が、涙声で言った。

それから、門弟の堀川と田代も加わり、唐十郎たち五人で、近所の聞き込みにあたった。唐十郎たちは、一刻（二時間）近く聞き込んだが、新たなことは出てこなかった。

唐十郎たちは源之助が殺された場にもどり、

「何者が青山を斬ったか、まだつかめませんが、近いうちにつきとめて、青山の無念を晴らすつもりです」

桑兵衛が言うと、そばにいた唐十郎たちもうなずいた。

4

翌朝、狩谷道場に、唐十郎、桑兵衛、弥次郎の三人が顔を揃え、青山源之助を殺した下手人を突き止めに行く相談をしていた。行き先は、青山を斬ったと思われる大柄な武士の道場があったらしい岩井町である。

そのとき、道場の戸口に近寄る足音がした。

「誰か来たようだ」

唐十郎が、道場の戸口に目をやって言った。

足音は戸口の前でとまり、

「狩谷の旦那《だんな》、いやすか」

と、男の声がした。

「あの声は、弐平《にへい》だな」

唐十郎が立ち上がり、「連れてくる」と言って、戸口にむかった。

弐平は、貉《むじな》の弐平と呼ばれる岡っ引きだった。背が低く、顔が妙に大きい。顔が貉に似ていることから、貉の弐平と呼ばれている。

弐平は桑兵衛の道場のある松永町に住んでいた。どういうわけか、若いころ、剣術の遣《つか》い手になりたい、と思い、江戸にある剣術道場をまわったらしい。ところが、町人だったため、相手にされなかった。そこで、弐平は桑兵衛の道場に来て入門を願い出た。

桑兵衛は、弐平の入門を許した。口にはしなかったが、どうせ長続きしない、と思ったのだ。

桑兵衛の読みどおり、一年もすると、弐平は稽古をやらなくなった。相手と竹刀で打ち合うこともなく、ただ刀を抜くだけの居合の稽古に飽きたらしい。

ところが、弐平は稽古をやめた後も道場に出入りしていた。桑兵衛が、弐平に仕事を頼んだからだ。

桑兵衛は道場主として門弟たちに居合の指南をするだけでなく、切腹の折の介錯《かいしやく》や試刀、さらに討っ手や敵討ちの助太刀《すけだち》なども頼まれることがあった。そうしたおり、桑兵衛は岡っ引きの弐平に、依頼人や相手の素姓《すじよう》、事件のあらましなどを調べてもらった。相手の言い分を鵜呑《うの》みにすると、逆恨みを買ったり、犯罪の片棒を担《かつ》ぐことになりかねないからだ。弐平は金にうるさく、ただでは働かなかったが、事件の探索や相手の素姓を調べたりするときに役にたった。

すぐに唐十郎は、弐平を連れて道場にもどってきた。

桑兵衛は唐十郎と弐平が道場の床に腰を下ろすのを待って、

「弐平、何か用か」

と、訊いた。

「ヘッヘヘ……。ちょいと、耳にしたことがありやしてね」

弐平が、薄笑いを浮かべて言った。

「何だ、耳にしたこととは」

桑兵衛が訊いた。

唐十郎と弥次郎は苦笑いを浮かべて、桑兵衛と弐平に目をやっている。

「旦那、このところ、道場を留守にして出掛けることが多いようですね」

弐平が、上目遣いに桑兵衛を見て言った。

「ああ、いろいろあってな」

桑兵衛が、素っ気なく言った。

「道場の門弟が斬られた、と聞きやしたぜ」

弐平はそう言って、その場にいた桑兵衛、唐十郎、弥次郎の三人に目をやった。

「可哀そうなことをした」

桑兵衛の顔が、険《けわ》しくなった。

「旦那、あっしも手を貸しやす」

弐平が、身を乗り出して言った。

「弐平、相手は剣の遣い手でな。人を斬ることなど何とも思ってないようだぞ」

「そうですかい」

弐平が、戸惑《とまど》うような顔をした。

「それにな。おれたちは、金を貰《もら》っていない。門弟が斬られたのに、金を貰うわけにはいかないからな」

「金を貰ってねえのか」

弐平は、肩を落とした。

「それでも、おれたちに手を貸すか」

桑兵衛が、語気を強くして訊いた。

弐平は戸惑うような顔をして黙っていたが、

「こうしやしょう。どこかで金が手に入ったら、あっしも分け前を貰いてえ。それに、一杯やるときは、あっしに声をかけてくだせえ」

と、その場にいた桑兵衛たち三人に目をやって言った。

「いいだろう。弐平は、おれたちの仲間のひとりだ。……貰った金は分けるし、一杯やるときは、一緒だ」

桑兵衛が言った。唐十郎と弥次郎も、苦笑いを浮かべてうなずいた。

「ありがてえ。ちかごろ、やることがなくて、困ってたんでさァ」

弐平が、その場にいた三人に目をやって言った。

「弐平、これから出掛けるが、一緒に行くか」

桑兵衛が、声をあらためて言った。

「どこへ行きやす」

弐平が訊いた。

「岩井町だ」

「あっしも、行きやす」

弐平が身を乗り出して言った。

5

唐十郎たち四人は道場を出ると、御徒町通りに足をむけた。そして、御徒町通りを南にむかい、神田川にかかる和泉橋のたもとに出た。

和泉橋を渡った先が、柳原通りである。柳原通りは人通りが多かった。様々な身分の人たちが行き交っている。

唐十郎たちは柳原通りを西にむかい、いっとき歩くと、左手に入る脇道に足をむけた。その道の先に、岩井町はある。

脇道に入って間もなく、先にたって歩いていた弐平が、

「この辺りから、岩井町ですぜ」

と、唐十郎たちに顔をむけて言った。

「そうだな」

「道場は、どこにあるんです」

弐平が、足をとめて訊いた。

「岩井町にあると聞いていたが、どこにあったか知らないぞ。それに、道場は潰《つぶ》れた

らしいからな」

桑兵衛が言った。

「あっしが、訊いてきやしょう」

弐平がそう言い、通り沿いにある店に目をやった。弐平は搗米屋《つきごめや》に目をとめたらしく、「そこの米屋で訊いてきやす」と言い残し、小走りにむかった。

唐十郎たちは路傍《ろぼう》に立って、弐平に目をやっていた。

弐平は搗米屋に入り、店の親爺らしい男と何やら話していたが、すぐに店から出てきた。そして、唐十郎たちのそばに戻ってきた。

「道場はどこにあるか、知れたか」

すぐに、桑兵衛が訊いた。

「知れやした。道場主は関山《せきやま》という男のようですが、いまは誰もいないようですぜ」

弐平が、その場にいた男たちに目をやって言った。

「誰もいないのか」

桑兵衛が、念を押すように訊いた。

「近頃、道場は閉めたままだそうで」

「ともかく、行ってみよう」

桑兵衛が、男たちに目をやって言った。

「こっちでさァ」

そう言って、弐平が先にたった。

弐平を先頭に、唐十郎たちは来た道をさらに二町ほど歩き、道沿いにあった一膳めし屋の脇に足をとめた。

「この道を入《へえ》った先ですぜ」

弐平が、一膳めし屋の脇にあった道を指差した。

細い道だった。道沿いには仕舞屋《しもたや》がまばらに建っていたが、笹藪《ささやぶ》や空地なども目についた。行き来する人の姿もない。

「行ってみよう」

桑兵衛と弐平が先に歩き、唐十郎と弥次郎がつづいた。

それから、半町ほど歩いたろうか。先にたった桑兵衛と弐平が足をとめた。そして、後続の唐十郎と弥次郎がそばに来るのを待ち、

「あれが、関山の道場ですぜ」

弐平がそう言って、前方を指差した。

道沿いに、道場らしい大きな建物があった。建物の脇は板壁になっていて、武者窓

がある。だいぶ傷《いた》んでいるらしく、板壁が所々剝《は》げ、板が垂れ下がっていた。それに、屋根の瓦《かわら》の一部が剝げている。

「誰もいないようだ」

桑兵衛が言った。

「近付いてみますか」

唐十郎が、その場にいた男たちに目をやって言った。

唐十郎と弥次郎が先にたち、桑兵衛と弐平がすこし遅れて、道場にむかった。道場から、話し声も物音も聞こえなかった。静寂につつまれている。

唐十郎と弥次郎は、道場の脇まで行って足をとめた。そして、後続の桑兵衛たちが近付くのを待ち、

「近頃、道場で稽古した様子はありません」

と、唐十郎が言った。

「しばらく道場は閉じているように見えるな。まわりに草がはえている」

桑兵衛はそう言って、道場を見つめていたが、

「道場主の関山の住む家が、近くにあるはずだ」

と言って、道場の裏手や道沿いの家に目をやった。

「道場の脇にある家が、道場主の住んでいた母屋かもしれんな」

桑兵衛が、道場の先にある家を指差した。

道場の前の道からすこし入ったところに、仕舞屋があった。家のまわりを板塀で囲ってある。

「家の前まで、行ってみるか」

桑兵衛が先に立ち、道場の前を通って仕舞屋を囲った板塀の前まで行った。

桑兵衛は、後続の唐十郎たちが近付くのを待ち、

「家にも、だれもいないようだ」

と、小声で言った。仕舞屋はひっそりとして、物音も人声も聞こえなかった。

家のまわりには、丈の高い雑草が生い茂っていた。庭も、久しく放置されたままになっているようだ。

「念のため、近所で訊いてみますか」

唐十郎が言った。

「そうだな。……半刻（一時間）ほどしたら、この場に集まることにして、手分けして聞き込んでみるか」

桑兵衛が言い、唐十郎たち四人はその場で別れた。

6

ひとりになった唐十郎は、道場の前の道を歩いたが、話を聞けそうな者はいなかった。

一町ほど歩くと、道沿いに二軒の仕舞屋があった。

近付くと、家の前でお喋《しゃべ》りをしているふたりの女の姿が目にとまった。赤子を抱いた女房らしい年増《としま》と、すこし腰のまがった婆《ばあ》さんである。おそらく、ふたりは二軒の家の住人であろう。

唐十郎が近付くと、ふたりは話をやめ、不安そうな顔をした。見ず知らずの武士が、近付いてきたからだろう。

唐十郎はふたりのそばに足をとめ、

「ちと、訊きたいことがある」

と、穏《おだ》やかな声で言った。

「なんですか」

年増が訊いた。唐十郎の穏やかな声で、すこし安心したのか、表情がやわらいだ。

抱かれた赤子は目を剝《む》いて、唐十郎を見つめている。男の子らしい。

「そこに、剣術道場があるな」

唐十郎が、道場を指差して言った。

「は、はい」

年増が応《こた》えて、道場に目をやった。

「表戸が閉めてあるが、稽古はしてないのか」

唐十郎が訊いた。

「三月ほど前から、表戸を閉めたままです」

年増が言った。すると、そばにいた婆さんが、

「お、お侍さま、道場を開いていたのは、関山剛之助《ごうのすけ》さまというお方でしてね。三月ほど前に道場を閉め、その後は母屋にもあまり姿を見せないようですよ」

と、しゃがれ声で言った。

「関山どのは、何処《どこ》に行ったのだ」

唐十郎が訊いた。すると、婆さんのそばに立っていた赤子を抱いた年増が、

「小料理屋にいい女《ひと》がいて、そこにいるようですよ」

と、声をひそめて言った。赤子は目を見開いて、母親と唐十郎を交互に見ている。

「その小料理屋は、何処にあるか知っているか」

唐十郎が訊いた。

「知ってますよ」

「教えてくれ。……道場主の関山どのに、訊きたいことがあるのだ」

唐十郎が、身を乗り出して言った。関山に訊くことなどなかったが、関山の居所を突き止めるためにそう訊いたのだ。

「小料理屋は、平永町《ひらながちょう》にあります」

年増が言った。

「平永町のどの辺りだ」

唐十郎が訊いた。平永町は岩井町の隣町だった。ここから近いが、平永町は広い町なので、町名を聞いただけでは突き止めるのが難しい。

「近くにもう一軒、料理屋さんがありますよ」

年増が言った。

「料理屋の名を、知っているか」

料理屋と分かっただけでは、探しようがない。

「確か、嘉乃屋《よしのや》だったと……」

年増が首を捻ると、

「嘉乃屋ですよ」

婆さんが、脇から口を挟んだ。

「嘉乃屋に行けば、分かるな」

唐十郎は、平永町に行って嘉乃屋の名を出して訊いてみようと思った。

「ところで、関山どのだが、道場に帰ってくることはないのか」

唐十郎が、声をあらためて訊いた。

「近頃、見掛けませんねえ」

年増が婆さんに目をやって言うと、

「誰もいない道場より、情婦《おんな》のところがいいに決まってますよ」

そう言って、婆さんは薄笑いを浮かべた。

「そうだな」

唐十郎は小声で言った後、「手間を取らせたな」と、ふたりに声をかけ、その場を離れた。それ以上、ふたりから聞くことはなかったのだ。

それから唐十郎は、通りかかった近所に住む初老の男にも話を聞いたが、新たなことは知れなかった。

唐十郎が桑兵衛たちと別れた場にもどると、桑兵衛と弥次郎の姿はあったが、弐平はまだだった。

「弐平がここにもどったら、改めて話せばいいでしょう」

そう言って、唐十郎が話そうとすると、

「来た！　弐平が」

弥次郎が声高に言った。

唐十郎が通りの先に目をやると、弐平の姿が見えた。慌てた様子で走ってくる。

唐十郎は弐平がそばに来るのを待って、

「おれから話す」

と言って、ふたりの女から聞いたことを話した。

「あっしも、小料理屋のことを聞きやした」

弐平が身を乗り出して言った。

「いずれにしろ、嘉乃屋まで行けば、関山の情婦《おんな》のいる小料理屋が分かるな」

桑兵衛が言った。

「あっしは、その小料理屋の名も聞きやした」

と、弐平が言った。

唐十郎たち三人の目が、弐平に集まった。

「小料理屋の名は、美鈴《みすず》でさァ」

弐平が、得意そうな顔をした。

「美鈴か。洒落《しやれ》た名だな」

桑兵衛が言うと、

「おれが聞いたのは、門弟たちがやめて、道場がつぶれたということだけです」

弥次郎が、苦笑いを浮かべて言った。

次に口をひらく者がなく、その場が沈黙につつまれたとき、

「どうだ、これから美鈴まで行ってみるか」

桑兵衛が、男たちに目をやって言った。

「行きやしょう！」

弐平が声高に言った。

7

唐十郎たち四人は、平永町にむかった。そして、道沿いに店屋や仕舞屋などがつづく通りをいっとき歩くと、

「この辺りから、平永町ではないか」

桑兵衛が、道沿いの店に目をやりながら言った。

「料理屋らしい店はないな。……この辺りで訊けば、嘉乃屋がどこにあるか知れるのではないか」

唐十郎が言った。

「そこに、笠屋があります。おれが行って、訊いてきましょう」

弥次郎が、足早に半町ほど先にある笠屋にむかった。

店先に菅笠《すげがさ》、網代笠《あじろがさ》、編笠などが吊《つ》るしてあった。店内に、合羽処《かっぱどころ》と書いた紙が張ってある。近くに中山道《なかせんどう》があるので、旅人相手の店らしく、笠だけでなく合羽も売っているようだ。弥次郎は笠屋の店先で、店主らしい男と何やら話していたが、いっときすると踵《きびす》を返してもどってきた。

「嘉乃屋が、知れました」

すぐに、弥次郎が言った。

「この近くか」

桑兵衛が訊いた。

「そうらしい。この道を一町ほど行くと蕎麦屋《そば》があって、その脇の道に入るとすぐ、嘉乃屋があるそうです」

　弥次郎が言った。

「行ってみよう」

　桑兵衛と弥次郎が、先にたった。唐十郎と弐平は、すこし間をとってふたりについていく。

　一町ほど歩くと、蕎麦屋があった。蕎麦屋としては大きな店で客も多いらしく、店内から男たちの話し声が聞こえた。

　先を行く桑兵衛と弥次郎が、蕎麦屋の脇の道に入った。

　唐十郎と弐平は足早に歩き、桑兵衛たちが入った脇道の前まで来た。

　脇道に入ってすぐ、路傍に立っている桑兵衛と弥次郎の姿が見えた。ふたりは道沿いにある店に目をやっている。

　唐十郎と弐平が近付くと、

「見ろ、その店が嘉乃屋だ」

　桑兵衛が、料理屋を指差して言った。二階建ての大きな店である。客がいるらしく、店内から嬌声《きょうせい》や男の濁声《だみごえ》などが聞こえてきた。

「あれが、美鈴らしい」

桑兵衛が、嘉乃屋の斜向《はすむ》かいにある小体《こてい》な店を指差して言った。間口は狭いが、二階もあるようだ。

店の入口は、洒落た格子戸《こうしど》になっていた。入口の脇の掛看板に、「御料理　御酒　美鈴」と書いてある。

「踏み込みやすか」

弐平が意気込んで言った。

「駄目だ。関山がいなかったらどうする。関山は、二度と美鈴に寄り付かなくなるぞ。まず、美鈴に関山がいるかどうか、確かめないとな」

桑兵衛が言った。

「どうやって、確かめやす」

「おれたちが、関山を探っていると気付かれないように、それとなく近所で聞き込んでみるか」

「そうしやしょう」

弐平が言い、その場から離れようとした。

そのとき、店先に目をやっていた弥次郎が、

「待て！　誰か、店から出てきた」

と言って、弐平をとめた。

見ると、店の格子戸が開いて、遊び人ふうの男がひとり姿を見せた。つづいて女が出てきた。美鈴の女将《おかみ》らしい。色白で、すんなりした体軀《たいく》だった。色っぽい年増である。関山の情婦《いろ》であろう。

遊び人ふうの男と年増は、店の戸口で何やら話していたが、男が女将に「また、寄らせてもらうぜ」と声をかけた。そして、ひとり戸口から離れた。

年増は戸口に立ったまま男に目をむけていたが、男の姿が遠ざかると、踵を返して店にもどった。

「あっしが、あの男に訊いてきやす」

弐平はそう言って、その場から離れようとした。

「待て、念のため、関山だけでなく、大柄な武士が店にいたかどうかも訊いてみてくれ」

桑兵衛は、青山源之助を斬った男が、店内に関山と一緒にいたかもしれない、と思ったのだ。

「承知しやした」

弐平は、小走りに男の後を追った。そして、男に追いつくと、脇を歩きながら、

「兄い、すまねえ」

と、声をかけた。

男は弐平に顔をむけ、

「おれかい」

と、訊いた。小料理屋で酒を飲んだらしく、顔が赤くなっている。

「ちょいと、訊きてえことがありやしてね。足をとめさせちゃァ申し訳ねえ。歩きながらで、いいですぜ」

弐平が、愛想《あいそ》笑いを浮かべて言った。

「それで、何が訊きてえ」

男は、ゆっくりと歩きだした。

「兄いが、美鈴から出て来たのを見やしてね。あっしが世話になっている関山の旦那がいたかどうか、知りてえんでさァ」

弐平は、関山の手先のふりをした。

「今日は、いなかったな。二階にいることが多いらしいが、女将さんは、来てないと言ってたぞ」

男が言った。どうやら男は、美鈴の常連客らしい。関山と女将の関係も知っているようだ。

「いねえのか。せっかく来たのに、挨拶《あいさつ》もできねえ」

弐平が、肩を落として言った。

「ところで、美鈴に大柄な武士は、いなかったかい。関山の旦那と一緒に来ることがあるらしい」

弐平は、下谷の長者町で斬られた青山源之助のことを思い出し、大柄な武士のことを訊いたのだ。

「いなかったよ」

男は素っ気なく言うと、弐平に目をむけて不審そうな顔をし、

「おれは、行くぜ。急いでるんでな」

と言い残し、足早に弐平から離れた。

弐平は踵を返し、小走りに唐十郎たちのそばにもどった。

「関山は、美鈴にいたか」

すぐに、桑兵衛が訊いた。

「それが、いねえんでさァ」

弐平は、男から聞いたことをかいつまんで話した。

「関山がいないのでは、美鈴を見張っていても、仕方がないな」

桑兵衛が、肩を落として言った。

次に口を開く者がなく、いっとき、その場は重苦しい沈黙に包まれていたが、

「せっかく来たのだ。近所で聞き込んでみるか。関山だけでなく、仲間たちのことも何かつかめるかもしれん」

桑兵衛が、男たちに目をやって言った。

8

唐十郎たちは、半刻（一時間）ほどしたらその場にもどることにし、別々になって聞き込みにあたることにした。

ひとりになった唐十郎は、美鈴の前の道をいっとき歩き、店から遠ざかったところで、通りかかった地元の住人らしい若い男に目をとめた。仕事帰りであろうか。男は、腰切半纏《ばんてん》に股引《ももひき》姿で、道具箱のような物を担いでいた。大工か、左官のようだ。

唐十郎は男に近付き、

「訊きたいことがあるのだ」

と、声をかけた。

「あっしですかい」

男は足をとめ、戸惑うような顔をして唐十郎を見た。いきなり、見ず知らずの武士に声をかけられたからだろう。

「この近くに、住んでいるのか」

唐十郎が訊いた。

「そうでさァ」

「そこに、美鈴という小料理屋があるな」

唐十郎が、美鈴を指差して訊いた。

「いつも、目にしてやす。店に入《へえ》ったことはねえが、仕事に行くのに、この道を通りやすからね」

「関山という武士が、出入りしているようだが、知っているか」

唐十郎は、関山の名を出して訊いた。

「知りやせん。……二本差しが、店に出入りしているのを見たことはありやすが、名は聞いてねえ」

男が素っ気なく言った。

「そうか。……近頃、この辺りで何か変わったことはないか」

唐十郎は、男が仕事のためにこの道を毎日行き来すれば、何か事件に関わることを目にしているかもしれない、と思ったのだ。

「旦那、この辺りで何かあったんですかい。あっしは、御用聞きが、通りかかった者を呼び止めて、何か訊いているのを見掛けやした」

男の方が、唐十郎に身を寄せて訊いた。

「御用聞きだと！」

思わず、唐十郎の声が大きくなった。

「そうでさァ」

「御用聞きは、何を訊いていたのだ」

唐十郎は、御用聞きが何者かに斬られた青山源之助の件を探っていたとは思えなかった。別の事件で、聞き込みに当たっていたのではあるまいか。

「賭場《とば》のことを探っていたようですぜ」

男が言った。

「賭場だと！」

再び、唐十郎は声を上げた。賭場のことなど、念頭になかったからだ。

「賭場で、何かあったのかな」

男が首を捻った。

「この辺りに、賭場があるのか」

唐十郎が、身を乗り出して訊いた。

「詳しいことは知らねえが、小柳町《こやなぎちょう》にあると聞いたことがありやすぜ」

男が声をひそめて言った。

「小柳町な」

小柳町は平永町の西にあり、一丁目から三丁目までつづいている。

唐十郎が黙ると、

「あっしは、行きやす」

男はそう言って、歩きだした。

「待て！」

唐十郎は男を呼び止め、

「賭場を開いている親分の名を知っているか」

と、身を寄せて訊いた。

「賭場の貸元は、権蔵《ごんぞう》親分と聞いたことがありやす」

「権蔵な」

唐十郎は、初めて聞く名だった。

「権蔵の住み処《すか》を知っているか」

唐十郎は、念のために訊いてみた。

「知らねえ。塒《ねぐら》も知らねえし、権蔵親分の顔を見たこともねえんでさァ」

男はそう言うと、足早に歩きだした。

唐十郎は、その場から動かなかった。唐十郎は胸の内で、賭場はともかく、今は関山のことが大事だと思った。そして、通りかかった地元の住人らしい男に、関山の居所を訊いてみたが、新たなことは知れなかった。

唐十郎が美鈴の近くにもどると、桑兵衛と弐平の姿はあったが、弥次郎はまだ戻っていなかった。

だが、待つまでもなく、弥次郎が通りの先に姿を見せた。小走りに近付いてくる。

唐十郎は四人が顔を揃えるのを待ち、

「おれは、権蔵という名の親分が、小柳町で賭場をひらいていることを耳にしただけです」

と、渋い顔をして言った。

すると、弐平が、「あっしも、権蔵のことを耳にしやした」と口を挟んだ。

「どうやら、権蔵という親分は、この辺りも縄張りにしているようだ」

桑兵衛が、いつになく顔を険しくして言った。

次に口を開く者がなく、その場が重苦しい沈黙につつまれたとき、

「ともかく、おれたちは関山を押さえましょう。それで、関山のことで何か知れましたか」

唐十郎が、声をあらためて訊いた。

「それが、関山の情婦《いろ》がやはり美鈴の女将らしいと知れただけだ」

桑兵衛が、顔を厳しくして言った。

その場にいた弥次郎と弐平が、渋い顔をして頷《うなず》いた。ふたりも、結果は芳《かんば》しくなかったらしい。

「いずれにしろ、おれたちは明日もここに来て、美鈴を探るしかありません」

唐十郎が、めずらしく語気を強くして言った。

第二章　賭場《とば》

1

「唐十郎、弥次郎、そろそろ出掛けるか」

桑兵衛が、ふたりに声をかけた。

三人は狩谷道場にいた。これから、平永町に行くつもりだった。小料理屋の美鈴に関山がいれば、青山を手にかけたかどうか確かめてから斬るつもりだった。関山が手にかけたのではなかったとしても、だれが青山を斬ったか知っているはずである。

「弐平もここに来ると言っていましたが……」

唐十郎が言った。

「弐平のことだ。道場におれたちがいなければ、平永町に来るだろうよ」

桑兵衛が立ち上がろうとした。

そのとき、道場の戸口近くで足音がし、表戸を開ける音につづいて、

「狩谷の旦那《だんな》、いやすか」

と、弐平の声がした。

「いるぞ。入れ」

唐十郎が声をかけた。

すぐに、土間から板間に上がる足音がし、板戸が開いて、弐平が顔を出した。

「お揃いですかい。遅れちまって、申し訳ねえ」

弐平が、照れたような顔をして道場に入ってきた。

「これから、平永町に行くところだ」

桑兵衛が言った。

「あっしも、そのつもりで来やした。お供、しやす」

弐平は、道場の隅に身を寄せた。

唐十郎、桑兵衛、弥次郎の三人は、道場から出た。弐平も通りに出て、唐十郎たちの後からついてきた。

唐十郎たち四人は御徒町通りを南にむかい、神田川にかかる和泉橋を渡った。そして、柳原通りに出ると、西にむかい、平永町に入った。この辺りの道筋は分かっている。

唐十郎たちは蕎麦《そば》屋の脇の道に入り、料理屋の嘉乃屋の前まで来て足をとめた。嘉乃屋の斜向《はすむ》かいに、小料理屋の美鈴がある。

「美鈴に、関山は来てるでしょうか」

唐十郎が言った。

「あっしが店に入《へえ》って、訊《き》いてきやしょうか」

弐平が身を乗り出して言った。

「待て、関山におれたちが来たことを知られたくない。……話を聞けそうな者が、店から出て来るのを待とう」

桑兵衛が言った。

唐十郎たちは以前来たときも美鈴には入らず、店から出てきた客に店内の様子を聞いたのだ。

唐十郎たちは、道沿いにあった蕎麦屋の脇に身を寄せた。そこに身を隠して、美鈴から店内の様子を聞けそうな者が出てくるのを待つのである。

唐十郎たちがその場に身を隠して、半刻《はんとき》(一時間)ほど経《た》ったろうか。美鈴に目をやっていた弐平が、

「出てきた!」

と、身を乗り出して言った。

職人ふうの男が、美鈴から出てきた。つづいて、年増が出てきた。女将《おかみ》のようだ。

唐十郎たちは、以前その年増を目にしていた。関山の情婦《いろ》らしい。

職人ふうの男は、「女将、また来るぜ」と言い残し、美鈴の戸口から離れた。男は、ゆっくりとした足取りで歩いていく。

女将は男が戸口から離れると、踵《きびす》を返して店内に入った。

「あの男に、訊いてみます」

唐十郎がそう言って、蕎麦屋の脇から通りに出た。

桑兵衛、弥次郎、弐平の三人は、その場に残って、唐十郎に目をやっている。

唐十郎は、職人ふうの男に追いつくと、

「訊きたいことがある」

と声をかけ、職人ふうの男と肩を並べて歩きだした。

男は不安そうな顔をして、唐十郎を見た。見ず知らずの武士がいきなりそばに来て、一緒に歩きだしたからだろう。

「いま、美鈴から出てきたな」

唐十郎が訊いた。

「へ、へい……」

男が首を竦《すく》めて返事をした。

「店に、武士はいたか」

「いやした」

男が小声で言った。

「関山どのか」

唐十郎は、関山の名を出して訊いた。

「関山さまと、もうひとりいやしたぜ」

男の顔から、不安そうな表情が消えている。唐十郎が関山の名を出したので、美鈴の常連客と思ったのかもしれない。

「関山どのと一緒にいたのは、誰か知ってるか」

さらに、唐十郎が訊いた。

「名は知らねえが、剣術道場の師範代だったようですぜ。関山さまが、師範代と呼んでやしたから」

「師範代か」

唐十郎が、つぶやいた。関山が道場を開いていたとき、師範代だった男であろう。

「関山どのとその男は、どんな話をしていたのだ」

唐十郎が訊いた。

「剣術の話をしてやした。……あっしには分からねえが、師範代と呼ばれた男は、人を斬るのは、道場で竹刀《しない》を振り回すのとは違う、と言ってやしたぜ」

「その男、人を斬ったことがあるようだな」

唐十郎はそう呟《つぶや》いた時、青山源之助を斬った男のことが脳裏《のうり》に浮かんだ。

「師範代は、大柄な男ではないか」

唐十郎が、身を乗り出して訊いた。青山を斬った男は大柄な武士と聞いていたのだ。

「大柄でさァ」

「おい、その男の名は、分かるか」

唐十郎が、声高《こわだか》に訊いた。

「店の女将は、森田《もりた》さまと呼んでやした」

「森田な」

唐十郎は、森田という名を聞いたことがあるような気がしたが、はっきりしなかった。唐十郎が口をつぐんでいると、

「あっしは、急いでやして」

男はそう言い残し、唐十郎から足早に離れた。

唐十郎は、すぐに桑兵衛たちのいる場にもどった。

2

「青山を斬ったのは、森田という男らしい」

唐十郎が、昂《たかぶ》った声で言った。

「そやつ、関山道場と何か関わりがあるのか」

桑兵衛が訊いた。

その場にいた弥次郎と弐平も、身を乗り出して唐十郎に目をやっている。

「あります。森田は、関山道場の師範代だったらしい」

唐十郎は、青山を斬ったのは森田に間違いないと思った。

「森田が、青山を狙ったのはどういう訳だ」

さらに、桑兵衛が訊いた。

「青山は狩谷道場の門弟であると同時に、殺された父の跡を継いだあと下谷練塀小路沿いに道場を構えていると聞いています。関山道場と何らかの関係があったのでしょう。……おれの推測ですが、森田は門弟が離れたために道場がつぶれたことに恨みを持ち、青山を恨んで斬ったのではないか」

「そうかもしれぬ」

桑兵衛の顔が、険《けわ》しくなった。その場にいた弥次郎と弐平の顔には、怒りと驚きの色がある。

「青山を斬ったのは、恨みのためだけではないかもしれぬ」

唐十郎がつぶやいた。

「他にも、青山を斬った理由があるのか」

桑兵衛が、唐十郎に訊いた。

弥次郎と弐平は、唐十郎に顔をむけて次の言葉を待っている。

「これも、おれの推測だがな」

唐十郎は、そう言った後、「口封じのために、斬ったのかもしれぬ」と呟くような声で言った。

「口封じだと！」

桑兵衛の声が、大きくなった。

「青山は練塀小路沿いに移ってきて、森田のことで何か知ったのかもしれぬ」

「何を知ったのだ」

桑兵衛が、身を乗り出して訊いた。

「博奕《ばくち》です。関山は賭場《とば》に出入りしていた。当然、道場の稽古《けいこ》など、なおざりになったはず。青山はそれを知った。そして、おれたちの道場で言いふらされるのをおそれたのではないか。その青山の口を封じるために、師範代だった森田が斬ったのです」

唐十郎が言った。

「そうかもしれぬ」

桑兵衛が、顔を険しくしてうなずいた。

「いずれにしろ、おれたちの手で、関山と森田を斬りましょう。青山の敵を討《う》つためだが、それだけではない。狩谷道場を守るためだ」

唐十郎が言った。

桑兵衛と弥次郎、それに弐平もうなずいた。三人の顔が、いつになく厳しかった。

唐十郎たち四人は、職人ふうの男から話を聞いた後も、蕎麦屋の脇から美鈴に目をやっていた。

それから、一刻（二時間）ほど経ったが、関山と森田は、美鈴から出てこなかった。その間に、美鈴に数人の客が出入りした。客のなかに、ふたりの武士がいた。ふたりとも牢人体《ろうにんてい》だった。唐十郎たちは、ふたりの武士に見覚えがなかった。目にするのは、初めてだったのだ。

「出てこないなァ」

弥次郎が、うんざりした顔で言った。

「そろそろ出てきてもいいころだがな」

唐十郎も、立ったまま美鈴を見張っていることに疲れてきた。腹も減っている。

「交替で、蕎麦でも食ってくるか」

桑兵衛が言った。

そのとき、美鈴に目をやっていた弥次郎が、

「出てきた！」

と、身を乗り出して言った。

見ると、美鈴の入口から、女将とふたりの武士が出てきた。武士は、おそらく関山と森田である。いや、ふたりだけではない。さらに、背後から、さきほど店に入った二人の武士も姿を見せたのだ。

「二本差しが、四人だ！」

弐平が目を剝《む》いて言った。

「後から入ったふたりも、関山の仲間かな」

桑兵衛が、四人の武士を見つめながら言った。

「あの四人、捕らえやすか」

弐平が身を乗り出して言った。

「駄目だ。相手は、武士が四人だ。下手に仕掛けると、返り討ちに遭《あ》うぞ」

桑兵衛が止めた。

「ふたりは、関山道場の門弟だった男かもしれませぬ」

唐十郎は、門弟でなければ、関山が賭場で知り合った男かもしれない、と思った。

四人の武士は、美鈴から出ると、店の前の通りを西にむかった。

「跡を尾《つ》けましょう」

唐十郎が言い、蕎麦屋の脇から通りに出た。

弐平、桑兵衛、弥次郎の三人が、唐十郎につづいた。前を行く四人の武士が振り返っても不審を抱かれないように、唐十郎たちはすこし間をとって歩いている。

関山たち四人が、唐十郎たちに気付いた様子はなかった。何やら話しながら歩いていく。四人は平永町から、小柳町三丁目に入った。この辺りは町人地であり、人通りの多い柳原通りが近いこともあって、行き交う人は町人が多かった。

関山たちは小柳町三丁目の道をいっとき歩き、道沿いにあった料理屋らしい店の脇の道に入った。

そこは、人通りが少なかった。道沿いに商店はなく、小体《こてい》な民家がまばらに建っているだけで、空地や草叢《くさむら》なども目についた。

関山たちは、一町ほど歩いたろうか。路傍《ろぼう》に足をとめ、周囲に目を配ってから、広い空地のなかにあった仕舞屋《しもたや》に足をむけた。その辺りでは、目を引く大きな家である。

空地は雑草に覆《おお》われていたが、仕舞屋の戸口まで小径《こみち》がつづいていた。

関山たちが仕舞屋に近付いたとき、戸口からふたりの男が出てきた。ふたりとも、遊び人ふうである。

ふたりの男は関山たちに声をかけ、頭を下げてから、家の戸口からなかに入れた。どうやら、ふたりは下足番らしい。

3

「ここが、賭場だ！」

唐十郎が、声を上げた。

唐十郎たちは、空地のなかにあった仕舞屋から半町ほど離れた路傍にいた。そこは、枝葉を繁《しげ》らせていた椿《つばき》の陰である。唐十郎たちは、樹陰《こかげ》に身を隠して関山たちに目をやっていたのだ。

「賭場は、ここにあったのか」

桑兵衛が言った。

「あっしらも、賭場を覗《のぞ》いてみやすか」

弐平が、身を乗り出して言った。

「駄目だ。賭場には、権蔵の子分たちが何人もいるぞ。それに、今、賭場に入った関山たちもいる。おれたち四人では、太刀打《たちう》ちできん」

桑兵衛が言うと、その場にいた唐十郎と弥次郎がうなずいた。

「どうしやす」

弐平が訊いた。

「しばらく、様子を見よう。まだ、賭場の貸元も姿を見せていないようだ」

桑兵衛が言った。

空地のなかにある仕舞屋は、静かだった。人声も物音も聞こえない。賭場の貸元や客たちは、これから来るのだろう。

唐十郎たちは樹陰に身を隠したまま、小径や賭場になっている仕舞屋に目をやっていた。

「来やしたぜ！」

弐平が、通りの先を指差して言った。見ると、遊び人ふうの男がふたり。その背後から、商家の旦那ふうの男がひとり。さらに、職人ふうの男の姿もあった。

「博奕を打ちにきた連中ですぜ」

弐平が言った。

「そうらしいな」

唐十郎も、賭場に博奕を打ちにきた男たちとみた。

他にも男たちが姿を見せ、ひとり、ふたりと周囲を気にしながら仕舞屋の戸口から入っていく。

「貸元は、まだかな」

弐平がつぶやいた。

「向こうから来る一行ではないか」

唐十郎が、通りの先を指差して言った。

通りの先から、こちらへ向かってくる男たちの姿が見えた。まだ遠方ではっきりしないが、七、八人いるらしい。

男たちは、次第に近付いてきた。牢人体の武士がひとり、大柄な男だった。他に、黒羽織《くろばおり》に小袖姿の恰幅《かっぷく》のいい男がひとり、遊び人ふうの男が三人、それに腰切半纏に黒股引《ももひき》姿の男がふたりいた。一行は、七人である。賭場の貸元の他に代貸、壺振《つぼふ》り、大柄な武士、それに貸元の子分たちであろう。

「あの武士は、用心棒らしい」

唐十郎が言った。

「恰幅のいい男が、貸元の権蔵だな」

桑兵衛は、一行を見据《みす》えている。

「やつら、お縄にしやすか」

弐平が小声で訊いた。

「駄目だ。いま、通りに出れば、斬られるのはおれたちだぞ」

桑兵衛が言った。

味方は、唐十郎、桑兵衛、弥次郎、それに弐平の四人である。刀を遣《つか》えるのは、三人だけだ。

敵は七人。そのなかには、武士もいる。権蔵の子分たちは、長脇差《ながどす》を腰に差していた。いずれも、喧嘩《けんか》慣れした男たちらしい。

桑兵衛たちがそんなやり取りをしている間に、権蔵たちの一行は空地の前まで行き、賭場になっている仕舞屋に足をむけた。

権蔵たちは、下足番らしい男に迎えられて賭場に入っていく。

それから半刻（一時間）ほどすると、賭場に来たと思われる男の姿は、通りに見られなくなった。

博奕が始まったらしく、賭場になっている仕舞屋から、ときおり男たちの騒《ざわ》めきや笑い声などが聞こえてきた。

「どうしやす」

弐平が、唐十郎たち三人に目をやって訊いた。

「……貸元である権蔵は挨拶《あいさつ》が終われば、賭場から出てくるはずだ」

桑兵衛が言った。

通常、賭場の貸元は、博奕が終わるまで賭場にとどまることはない。後を代貸に任せて、賭場を出るのだ。

「権蔵たちが出てくるのを待ちやしょう。うまくすれば、権蔵や関山たちを押さえられるかもしれねえ」

弐平が声高に言った。

唐十郎たち四人はその場で、権蔵たちが賭場から出て来るのを待つことにした。

それから、一刻（二時間）ほど経ったろうか。辺りは夕闇に染まり、賭場になっている仕舞屋の戸口から淡い灯が洩《も》れている。

そのとき、仕舞屋の戸口に目をやっていた弐平が、

「出てきた！」

と、身を乗り出して言った。

見ると、戸口から男たちが何人も出てきた。下足番だったふたりにつづいて、七人の男が姿を見せた。遊び人ふうの男が四人、武士がふたり。大柄な男と、森田たちと一緒に先に賭場に入った武士のひとりである。それに、貸元の権蔵である。権蔵たちと一緒に賭場に入った代貸と壺振りの姿はない。賭場に残って、博奕をつづけているのだ。

それに、先に賭場に入った関山や森田の姿もなかった。関山たちも博奕をつづけているらしい。

権蔵たち七人は下足番のふたりに見送られ、空地のなかにつづく小径をたどって、

通りに出てきた。

4

「来やす！」

弐平が、声を殺して言った。

賭場を出た権蔵たち七人は通りに出ると、唐十郎たち四人が姿を隠している方に歩いてきた。

「来たときと人数は変わらぬが、武士がひとり多い。下手に仕掛ければ、殺《や》られるのはおれたちだぞ」

桑兵衛が、権蔵たちを見据えながら言った。

「見逃すしかないのか」

唐十郎は、無念そうだった。

「跡をつけて、権蔵たちの居所をつきとめよう。居所が分かれば、いつでも討つことができる」

桑兵衛が言った。

唐十郎、弥次郎、弐平の三人は、権蔵たちを見据えたまま頷《うなず》いた。

権蔵たちは、唐十郎たちの前を通り過ぎ、来た道を引き返していく。

唐十郎たちは樹陰から出て、権蔵たちの跡をつけ始めた。権蔵たちが振り返っても気付かれないように、物陰に身を隠しながら跡をつけていく。

前を行く権蔵たちは、料理屋の脇を通って人通りの多い道に入った。そして西に向かった。その辺りは、柳原通りから流れてきた人たちも多く、様々な身分の者たちが行き交っていた。

権蔵たちはいっとき歩いて、小柳町一丁目に入った。そして、通りが交差しているところまで来ると、左手に足をむけた。

そこは商店がすくなく、仕舞屋や長屋などが目についた。行き交う人も、地元の住人が多いようだ。

権蔵たちは一丁目に入って間もなく、二階建ての大きな店の前で足をとめた。料理屋らしい。ただ、客はいないのか、妙にひっそりしている。

権蔵たちが店の戸口で足をとめると、腰高障子《こしだかしょうじ》が開いて、男がふたり姿を見せた。ふたりとも、遊び人ふうである。

ふたりの男は権蔵に頭を下げて、何やら声をかけた後、権蔵たち一行を戸口から招《しよう》じ入れた。

唐十郎たちは路傍に立って、権蔵たちが店のなかに入っていくのを見ていたが、

「あの店は、商売をしてませんぜ」

と、弐平が身を乗り出して言った。

「そうらしいな。……権蔵の隠《かく》れ家《が》ではないか」

唐十郎は、戸口に出て来て権蔵たちを迎え入れたのは、子分でないかと思った。

「ここが、権蔵の隠れ家か」

桑兵衛が、店を見据えて言った。料理屋の商売をやめ、権蔵の隠れ家として使っているのだろう。

次に口を開く者がなく、その場が重苦しい沈黙につつまれたとき、

「出てきた！」

弐平が言った。

店の戸口から、男がひとり出てきた。遊び人ふうである。

「権蔵の子分らしいな」

桑兵衛が、身を乗り出して言った。

男は戸口で通りの左右に目をやった後、家の前の道を西にむかった。その道の先

は、須田町《すだちょう》である。

「あの男を捕らえよう」

そう言って、桑兵衛がその場を離れ、小走りに権蔵の子分らしい男の後を追った。

唐十郎たち三人は、桑兵衛につづいた。

桑兵衛は子分に近付くと、走るのをやめて足早に歩きだした。足音をたてないように、そうしたらしい。唐十郎たちも走るのをやめ、大股で歩きだした。

前を行く男は、桑兵衛たちには気付かず、肩を振るようにして歩いていく。

桑兵衛は男の背後に近付くと、急に走りだした。そして、男の脇を通って、前にまわり込んだ。

男はギョッとしたように体を硬直させ、その場に足をとめた。

「て、てめえ、何の用だ！」

男が声を震わせて言った。

「訊きたいことがある。おれたちと一緒に来い」

桑兵衛が語気を強くして言った。

男は、その場から逃げようとして、周囲に目をやった。だが、背後に唐十郎たち三人が立っているのを見て、その場から動かなかった。

　すると、唐十郎が男の背後に身を寄せ、

「命が惜《お》しかったら、おとなしくしろ。話を聞くだけだ」

　そう言って、小刀を抜き、切っ先を男の背に近付けた。

「は、話す！　話すから、刀を引いてくれ」

　男が背筋を伸ばしたまま言った。

　唐十郎は道沿いに目をやり、半町ほど先に稲荷《いなり》があるのに目をとめた。小さな稲荷の前に、赤い鳥居が立っている。

　その稲荷の脇で、椿が枝葉を繁らせていた。

「こっちだ！」

　唐十郎たちは、椿の樹陰に男を連れていった。

5

「おまえの名は」

　桑兵衛が、男を見据えて訊いた。

　男は戸惑《とまど》うような顔をして口をつぐんでいたが、

「長助《ちようすけ》でさァ」

と、名乗った。名を隠していても、仕方がないと思ったのだろう。

「長助は、権蔵の子分か」

桑兵衛が、訊いた。

長助は黙っていた。権蔵の子分であることは、隠しておきたいのかもしれない。

「いま、出てきたのは、料理屋だったようだが、権蔵の住む家ではないか」

「……」

長助は戸惑うような顔をしていたが、

「旦那は、権蔵親分と何か関わりがあるんですかい」

と、小声で訊いた。

「これといった関わりはないが、よく賭場で顔を合わせるのでな。権蔵のことは知っているのだ」

桑兵衛が、もっともらしく言った。

「そうですかい」

長助の顔が、いくぶん和《やわ》らいだ。桑兵衛の話を信じたらしい。

「そこにあるのは、権蔵の家か」

桑兵衛が、同じことを訊いた。

「親分の情婦《いろ》が、やりくりしてた料理屋だったんでさァ」

長助が言った。

「今は、料理屋をやっていないのだな」

桑兵衛が、念を押すように訊いた。

「やってねえ」

「権蔵が住むようになって、料理屋をやめたのではないか」

「そうでさァ。あっしみてえな子分が、店に出入りするようになって、料理屋をやめたんでさァ。……客が、すくなくなりやしたからね」

長助はそう言って、苦笑いを浮かべた。

「武士も、寝泊まりしているのか」

「お侍も、あっしらと同じように、寝泊まりしてまさァ。……ただ、お侍は、この家にいねえときもありやす」

「関山どのや森田どのではないか」

桑兵衛は、ふたりの名を出した。呼び捨てにしなかったのは、関山たちと敵対していると思われないためである。

「よく御存じで」

長助が、驚いたような顔をして桑兵衛を見た。

「いや、ときどき賭場で見掛けることがあるのでな。あまり話したことはないが、名は知っている」

桑兵衛は、うまく話を合わせた。

「そうですかい。ただ、関山さまも森田さまも、いろいろあるようでしてね。この家に寝泊まりするのは、少ねえんでさァ」

長助が、薄笑いを浮かべて言った。

「そうだろうな。関山も森田も、いろいろ行くところがあるようだからな」

桑兵衛は、小料理屋の美鈴を思い浮かべた。

「あっしは知らねえが、情婦《いろ》もいるようで……」

長助が声をひそめて言った。

「ふたりとも、忙しい男らしい」

桑兵衛はそう言った後、そばにいた唐十郎に目をやった。そして、何かあったら訊け、と小声で言った。

「権蔵は、そこの家にいることが多いのか」

唐十郎が訊いた。

「出掛けることもありまさァ」

「賭場の他にも、行くところがあるのか」

唐十郎は、権蔵の出掛ける場所によって、捕らえることができるとみたのだ。

「ありやす」

「どこだ」

「情婦《おんな》のところでさァ」

「情婦は、どこに住んでいるのだ」

唐十郎が、身を乗り出して訊いた。

「そこの料理屋の女将だったんですがね。あっしらみてえな子分たちが寝泊まりするようになって、女将だけ別の場所に越したんでさァ」

長助が、薄笑いを浮かべて言った。

「どこに越した」

「新《あたら》シ橋《ばし》の近くで、豊島町の一丁目と聞いてやす」

長助が声をひそめて言った。

新シ橋は神田川にかかる橋で、和泉橋の東方にある。豊島町一丁目は、柳原通り沿いから南に広がっている。

「店の女将でも、やっているのか」

唐十郎が訊いた。

「橋のたもと近くで、茶漬屋を開いてやすが、料理屋の女将をやってただけあって、酒も出すそうでさァ」

長助が言った。

「酒も出すのか。……おれも行ってみるかな」

唐十郎はそう言って、長助の前から身を退《ひ》いた。

すると、黙って話を聞いていた弥次郎が、

「いま、おまえが出てきた家だが、他にも権蔵の子分たちが住んでいるな」

と、長助の前に立って訊いた。

「十人ほど、いまさァ」

長助が小声で言った。

「いつも、十人もの子分が住んでいるのか」

弥次郎が訊き直した。

「親分が出掛けるときは、お供しやすんで、すくなくなりやす。出掛ける場所によって違うが、留守番をするのは、四、五人になりまさァ」

「四、五人か」

弥次郎は、長助の前から身を退いた。

次に長助から話を聞く者がなく、男たちが口をつぐむと、

「あっしの知ってることは、みんな話しやした。あっしを帰《けえ》してくだせえ」

長助が、その場にいた桑兵衛たちに目をやって言った。

「長助、死にたいのか」

桑兵衛が、長助を見据えて言った。

「……………！」

長助は目を剝いて息を呑《の》んだ。桑兵衛に、殺されると思ったらしい。

「おまえは、おれたちに、親分や仲間たちのことを話した。そのことは、いずれ親分の耳に入るぞ。親分や仲間たちは、おまえを生かしておくまいな」

桑兵衛が言った。

「……………！」

長助の顔から血《ち》の気《け》が引き、体が顫《ふる》えだした。

「身を隠すところがあるか」

桑兵衛が訊いた。

長助はいっとき蒼褪《あおざ》めた顔をして黙っていたが、

「ふ、深川《ふかがわ》で、叔父《おじ》が一膳めし屋をやってやす。そこで、しばらく店の手伝いをやらせてもらいやす」

と、声を震わせて言った。

「長助、親分や仲間たちに知れる前に、ここを出ろ」

桑兵衛が、語気を強くして言った。

「そうしやす」

長助は慌《あわ》てた様子で、唐十郎たちのいる場から離れると、小走りに柳原通りに向かった。権蔵たちのいる隠れ家にはもどらず、そのまま深川に行くらしい。

6

唐十郎は長助の姿が遠ざかると、「どうします」と、その場にいた桑兵衛たちに目をやって訊いた。

「この家には、権蔵の子分が大勢いるようだ。下手に手を出せば、おれたちが殺される。それに、権蔵より先に、関山と森田を討たねばならない」

桑兵衛が、唐十郎たちに目をやって言った。

次に口を開く者がなく、いっときその場は重苦しい沈黙に包まれていたが、

「やはり、権蔵たちが賭場に行き来するおりに仕掛けるしかないな」

桑兵衛はそう言った後、

「いずれにしろ、明日だ」

と、唐十郎たちに目をやって言った。辺りは夜陰《やいん》につつまれていた。今日のところは、動きようがない。

その日、唐十郎と桑兵衛は道場の裏手にある母屋にもどり、遅くなったので夕飯もとらずに寝てしまった。


翌朝、唐十郎と桑兵衛は、陽《ひ》がだいぶ高くなってから目を覚ました。そして、早朝から母屋に来ていた下働きのとせが朝飯を支度《したく》してくれたので、それを食べてから道場に入った。

五ツ半（午前九時）を過ぎていたが、道場には誰もいなかった。ちかごろ、門弟たちは道場に顔を出すのが遅く、昼近くになってから姿を見せる者が多いようだ。

唐十郎と桑兵衛は、門弟たちの稽古を見てやりたかったが、その前に、斬殺された門弟の青山源之助の敵を討ってやらねばならない。

ふたりが道場の床に腰を下ろしていると、表戸を開ける音がし、「本間です」という声がした。

「入ってくれ」

桑兵衛が声をかけた。

すぐに土間に入る足音がし、板戸が開いて、弥次郎が姿を見せた。

弥次郎は道場内に入ってくると、

「出掛けますか」

と、訊いた。唐十郎たちは今日も賭場を見張り、関山と森田が姿を見せたら討つつもりでいた。

「慌てることはない。関山たちが賭場に姿を見せるのは、早くても午後になってからだろう」

唐十郎が言った。

唐十郎たち三人が賭場の話をしていると、道場の戸口に近付いてくる足音がした。足音は戸口でとまり、「弐平でさァ。入《へえ》りやす」という声がした。そして、すぐに表戸の開く音がした。

開いた板戸の間から、弐平が顔を出した。

「集まってやすね」

弐平はそう言って、唐十郎たちのそばに来た。

「弐平、出掛けるのは、まだ早いぞ」

唐十郎が言った。

「行くのは、権蔵の家ですかい」

弐平が、身を乗り出して訊いた。

「そうだ。関山と森田がいれば、捕らえるなり斬るなりして、青山の敵を討ってやりたい」

唐十郎が言うと、その場にいた桑兵衛と弥次郎がうなずいた。

唐十郎は青山の敵を討つため、と言ったが、今はそれだけでない。関山と森田を討たなければ、狩谷道場の面目《めんぼく》がたたないのだ。

それから、唐十郎たちは道場内で、権蔵や賭場の話をしていっとき過ごしてから、

「さて、出掛けるか」

桑兵衛が言った。

唐十郎たち四人は道場を出ると、御徒町通りに足をむけた。そして、神田川にかかる和泉橋を渡った。そこは、柳原通りである。

唐十郎たちは柳原通りに出ると、西に向かった。柳原通りは、いつものように賑《にぎ》わっていた。様々な身分の者たちが、行き交っている。

唐十郎たちは、柳原通りをいっとき歩いて左手の通りに入った。そして、小柳町一丁目まで来てから、通りが交差しているところまで歩き、左手の道に足をむけた。

さらに歩くと、前方に二階建ての大きな店が見えてきた。料理屋だったが、いまは商売をやめ、権蔵と子分たちが住んでいる。権蔵の隠れ家といってもいい。

唐十郎たちは、権蔵一家の者たちの住む家から半町ほど離れた路傍に足をとめた。

「まだ、権蔵や子分たちは、家にいるはずだ」

桑兵衛が言った。

「どうしやす」

弐平が訊いた。

「どうだ、腹拵《はらごしら》えでもしておくか」

桑兵衛が言った。すでに、九ツ（正午）を過ぎているはずだった。

「そうしやしょう」

弐平が、声高に言った。

桑兵衛たちは、近くにあった蕎麦屋に入った。そして、喉《のど》を潤《うるお》す程度に酒を飲み、蕎麦で腹拵えをした。

桑兵衛たちは蕎麦屋を出ると、権蔵の家の近くまで来て足をとめた。

「どうだ、ここで待つより、先に賭場の近くまで行って、親分の権蔵たちが来るのを待つか。関山と森田も賭場へ行くときは一緒だが、帰りは権蔵たちが先になるので、後に残った関山と森田を討つ機会があるはずだ」

桑兵衛が言った。

「そうしやしょう」

弐平が、身を乗り出して言った。

唐十郎たちは、賭場のある小柳町三丁目にむかった。そして、料理屋らしい店の脇の道に入った。その道の先に、賭場がある。唐十郎たちは賭場を見張り、権蔵たちの跡をつけたことがあったので、賭場までの道筋は分かっていた。

脇道に入っていっとき歩くと、前方の空地にある仕舞屋が見えてきた。その仕舞屋が、賭場である。

唐十郎たちは、賭場になっている仕舞屋から半町ほど離れたところで、枝葉を繁らせている椿の樹陰に身を隠した。そこは、以前唐十郎たちが身を隠して、賭場を見張った場所である。

「まだ、賭場はひらいてねえようだ」

弐平が、仕舞屋に目をやって言った。

「見ろ、子分たちは、何人か来ている。そのうち、賭場の客も姿を見せるはずだ」

桑兵衛が言った。仕舞屋の戸口に、目をやっている。

戸口に、遊び人ふうの男がふたり、姿を見せたのだ。おそらく、下足番であろう。ふたりは先に来て、賭場を開く準備をしていたにちがいない。

7

「権蔵たちは、まだか」

桑兵衛が、通りの先に目をやって言った。

唐十郎たちがこの場に来て、半刻（一時間）ほど経っていた。この間、遊び人、職人、商家の旦那ふうの男などが、ひとり、ふたりと姿を見せ、賭場になっている仕舞屋に入った。

「そろそろ、来てもいいころだがな」

そう言って、唐十郎が通りの先に目をやった。

遠方に、男たちの姿が見えた。何人もが、一塊《ひとかたまり》になって歩いてくる。

「権蔵たちですぜ！」

弐平が、身を乗り出して言った。

「そうらしいな。……貸元の権蔵が姿を見せたようだ」

桑兵衛は、通りの先に目をやっている。

権蔵たちの一行は、次第に近付いてきた。

「おい、人数が多いぞ」

桑兵衛が、身を乗り出して言った。

以前、権蔵たちが賭場に来たときは、七人だった。遠方ではっきりしないが、今日は十人ほどいる。

権蔵たちの一行は、唐十郎たちが身を隠している場所に近付いてきた。

「おい、武士が三人いるぞ」

桑兵衛が、昂奮《こうふん》して言った。

「以前、見たときは、武士がひとりだったが、三人もいる」

弥次郎が、驚いたような顔をした。

「加わったのは、関山と森田ではないか」

唐十郎が言った。まだ遠方ではっきりしないが、権蔵の一行に関山と森田がくわわったのではないかと思った。

「関山と森田だ！」

弥次郎が、昂った声で言った。

しだいに、権蔵たちの一行が近付いてきた。新たに加わったふたりの武士は、大柄な体格からしておそらく関山と森田である。

「関山と森田は、権蔵の隠れ家から一緒に来たのだな」

桑兵衛が言った。

唐十郎たちがそんなやり取りをしている間に、権蔵たちはさらに近付いた。一行は、八人である。貸元の権蔵、代貸、壺振り、権蔵の子分らしい男がふたり、それに、武士が三人いた。三人は前から権蔵の一行にくわわっていた男と、関山と森田である。

「関山と森田を討つ、いい機会だぞ」

唐十郎が、小声で言った。

「駄目だ。武士が三人もいたら、返り討ちに遭う」

桑兵衛が、声をひそめて言った。

桑兵衛、唐十郎、弥次郎の三人が、それぞれ武士を相手にしている間に、他の子分たちが弐平を討ち取り、その後、唐十郎たちに向かってくるだろう。

唐十郎たちが樹陰で、そんなやり取りをしている間に、権蔵たちの一行は近くまで来た。そして、無言のまま通り過ぎていく。

唐十郎たちは樹陰に身を隠したまま、権蔵たちの後ろ姿に目をやっている。

権蔵たちは空地の前まで行くと、小径をたどり、賭場にむかった。そして、戸口に姿を見せた下足番に迎えられて、賭場のなかに入った。

弐平は、権蔵たちの姿が見えなくなると、

「権蔵たちが、賭場から出てくるのを待ちやしょう。……関山と森田は、賭場に残るはずでさァ。ふたりは、博奕を打ちにきたにちがいねえ。帰《けえ》りは、権蔵と二本差しがひとり、それに権蔵の子分が、二、三人になりやすぜ」

と、賭場を見据えて言った。

「弐平の言うとおりだ。権蔵たちが、賭場から出てくるのを待とう。それに、権蔵たちを見逃しても、その後賭場から出てくる関山と森田を討つことができる」

いっときすると、博奕が始まったらしく、賭場になっている家から、男たちのどよめきや笑い声などが聞こえてきた。

桑兵衛が言った。

それから、一刻(二時間)ほどすると、陽は西の家並《やなみ》の向こうに沈み、辺りは淡い夜陰につつまれてきた。賭場になっている仕舞屋から洩れる灯が、辺りをぼんやりと照らしている。

「出てこねえなァ」

弐平が、うんざりした顔で言った。

「権蔵たちの出て来るのが、すこし遅いな」

唐十郎が言った。

「出てきても、いいころだが……」

桑兵衛が、首を傾《かし》げた。

通常、貸元は博奕の始まる前、簡単に挨拶し、後を代貸や壺振りなどに任せて賭場を出る。唐十郎たちが、以前、権蔵たちを見張ったときも、権蔵たちは賭場の客より先に出てきたのである。

そのとき、賭場に目をやっていた弥次郎が、

「賭場からふたり、出てきたぞ」

と、身を乗り出して言った。

見ると、賭場になっている仕舞屋の戸口から、職人ふうの男がふたり出てきた。ふたりは何やら話しながら、空地のなかの小径を辿《たど》り、唐十郎たちが身を隠している近くの道に出た。そして、唐十郎たちのいる方に歩いてくる。

弐平は、ふたりの男が椿の木のそばを通り過ぎるのを待って、

「あっしが、ふたりに訊いてきやす」

と言い残し、ふたりの男の後を追った。

弐平はふたりに声をかけ、肩を並べて歩きだした。ふたりの男と何やら話している。

弐平はふたりの男と話しながら歩き、いっときすると、足をとめた。そして、踵を返し、小走りにもどってきた。

唐十郎は、弐平がそばに来るのを待ち、

「何か知れたか」

と、訊いた。桑兵衛と弥次郎の目も、弐平にむけられている。

「貸元の権蔵は、まだ賭場にいるようです」

弐平が言った。

「賭場にいるのか」

桑兵衛が、念を押すように訊いた。

「賭場にきた客たちに、今夜は博奕を終えるまで賭場にいて、代貸たちと一緒に帰ると言ったそうですぜ」

「どういうことだ」

桑兵衛が、首を傾げた。

「権蔵は、おれたちに気付いたのかもしれません」

唐十郎が小声で言った。夜陰にむけられた双眸《そうぼう》が、青白くひかっている。

「それしか、考えられん」

桑兵衛が言った。

男たちは、渋い顔をしていた。次に口を開く者がなく、風にそよぐ椿の葉音と、男たちの息の音が聞こえるだけである。

「ともかく、今夜は引き上げよう。ここにいても、どうにもならぬ」

桑兵衛が、その場にいた男たちに言った。

第三章　襲撃

1

弐平は狩谷道場に入ってくると、弥次郎の脇に腰を下ろした。

道場内には、唐十郎、桑兵衛、弥次郎、弐平の四人がいた。唐十郎たちが居合の稽《けい》古《こ》をしているところに、珍しく、弐平が姿を見せたのだ。

「今日は、居合の稽古ですかい」

弐平が、桑兵衛に目をやって訊《き》いた。

「いや、体が鈍《なま》るのでな。三人で、体を動かしていただけだ」

桑兵衛が、苦笑いを浮かべて言った。

「稽古は、これで終わりだ」

唐十郎が、脇から口を挟んだ。

「関山と森田は、このままですかい」

弐平が、声をあらためて訊いた。

「何としても、関山と森田は討《う》つ。ふたりを生かしておいては、ふたりに斬られた源之助や青山家の者に顔向けできん」

桑兵衛が言うと、その場にいた唐十郎と弥次郎がうなずいた。

「近頃、関山と森田は、権蔵の家に身を隠しているようですぜ」

弐平が言った。

「厄介《やっかい》だな。そばに権蔵一家の子分たちもいるので、迂闊《うかつ》に手が出せない」

桑兵衛につづいて口を開く者がなく、道場内が重苦しい沈黙につつまれた。男たちの息の音だけが聞こえている。

いっとき、口をつぐんでいた唐十郎が、

「権蔵ですが、賭場《とば》へ行くときの他に、小柳町の家を出ることはないのでしょうか」

と、小声で言った。

「あるだろうな。……権蔵も、どこかで情婦《いろ》を囲っているかもしれん」

桑兵衛が言った。

「権蔵の身辺を探ってみやすか。なあに、面倒なことはねえ。子分をひとり捕《つか》まえて訊けば、すぐに分かりまさァ」

弐平が身を乗り出して言った。

「そうだな。……ともかく、権蔵の身辺を探ってみるか。関山と森田を討つ機会が、あるかもしれん」

桑兵衛が言うと、唐十郎と弥次郎がうなずいた。

「これから行きやしょう」

弐平が意気込んで言った。

「行こう」

桑兵衛が立ち上がった。

唐十郎、桑兵衛、弥次郎、弐平の四人は道場を出ると、権蔵の家のある小柳町一丁目にむかった。

唐十郎たちは、これまで権蔵の家の近くまで何度も行き来していたので、道筋は分かっていた。唐十郎たちは小柳町一丁目に入り、前方に二階建ての権蔵の住む家が見えてくると、路傍《ろぼう》に足をとめた。

「様子を見てくるか」

桑兵衛が言った。

すると、桑兵衛のそばにいた弐平が、

「旦那《だんな》たちは、ここにいてくだせえ。あっしが、探ってきやす」

と言って、その場に唐十郎たちを残し、足早に権蔵の家にむかった。

弐平が権蔵の家の前まで来たとき、家の戸口から遊び人ふうの男がひとり出てきた。男は弐平に気付いたようだが、通行人と思ったらしく、足をとめずに弐平の後ろを歩いてくる。

弐平は遊び人ふうの男のすぐ前にいたが、足をとめて声をかける機会がなく、そのまま歩いた。

これを見た唐十郎は、

「おれが、あの男に訊いてみる」

と言って、足早に遊び人ふうの男を追った。

遊び人ふうの男が、権蔵の家から一町ほど離れたとき、唐十郎は小走りになって遊び人ふうの男に迫った。

遊び人ふうの男が、ふいに足をとめて振り返った。背後から近付いてくる足音を耳にしたらしい。

男は戸惑《とまど》うような顔をして唐十郎を見たが、武士が自分を斬ろうとしていると思ったのか、急に走りだした。逃げたのである。

だが、男の足は、すぐにとまった。前方に、両手を上げて立ち塞《ふさ》がっている弐平の姿を目にしたからだ。

「お、俺に、何か用か」

男が、声をつまらせて弐平に訊いた。

「訊きたいことがあるのよ。おれに、ついてきな」

弐平が言った。

男は戸惑うような顔をして立っていたが、背後にいる唐十郎が、「すぐに、済む」と小声で言うと、男はおとなしく唐十郎と弐平についてきた。これを見た桑兵衛と弥次郎が、足早に唐十郎たちのそばに来た。

唐十郎たちは、男を権蔵の家から見えないところまで連れて行き、道沿いで枝葉を繁《しげ》らせていた樫《かし》の木の陰《かげ》にまわった。

「おまえの名は」

桑兵衛が訊いた。

男は困惑したような顔をして桑兵衛たちを見ていたが、

「弥七《やしち》でさァ」

と、小声で名乗った。

「弥七、関山と森田だが、まだ権蔵の家にいるな」

桑兵衛が言うと、弥七の顔が強張《こわば》った。桑兵衛が、関山と森田の名を口にしたので、桑兵衛たちが何者か分かったらしい。

「い、いやす」

弥七が声を詰まらせて言った。

「親分の権蔵も、家にいるのか」

桑兵衛が、念を押すように訊いた。

弥七は口をつぐんでいたが、

「親分も、家にいやす」

と、小声で言った。隠しきれない、と思ったのだろう。

「権蔵は賭場へ行くようだが、他にお忍びで行くところはないのか」

桑兵衛が訊いた。権蔵が大勢の子分たちから離れれば、捕らえるなり、討つなりできるとみたのである。

「ありやす」

弥七は隠す気が薄れたのか、
と、すぐに答えた。

「何処《どこ》だ」

「情婦《いろ》の家でさァ」

「茶漬屋をやっている女か」

桑兵衛は、権蔵の情婦が新シ橋の近くで、茶漬屋をやっていると聞いていた。

「よく御存知で」

弥七が、驚いたような顔をして言った。

「権蔵は情婦のところに、ひとりで出掛けるのか」

桑兵衛が訊いた。

「ひとりのこともありやすが、関山の旦那と森田の旦那が一緒のこともありやす。ふたりは剣術道場を開いていただけあって、腕がたちやすからね」

弥七はそう言って、上目遣《うわめづか》いに桑兵衛を見た。

「他に、子分を連れていかないのか」

「旦那、情婦のところに男を何人も連れて行ったら、ゆっくり楽しめませんや」

弥七の顔に薄笑いが浮いた。

「それも、そうだ」

桑兵衛は、弥七の前から身を退《ひ》き、唐十郎たちに目をやって、「何かあったら、訊いてくれ」と声をかけた。

「今、権蔵は、そこの家にいるのだな」

唐十郎が家を指差し、念を押すように訊いた。

「いるはずでさァ」

弥七は、すぐに答えた。

「権蔵が、情婦のいる茶漬屋にいくのは、どんなときだ」

唐十郎が訊いた。権蔵は貸元として賭場に出入りしているので、情婦の家に行く機会はすくないはずだ。

「月に、二、三日でさァ。雨の日に出掛けることが多く、賭場を代貸にまかせて茶漬屋に行くようでさァ」

「雨の日か」

唐十郎は呟《つぶや》いて、弥七の前から身を退いた。

次に弥七から話を聞く者がなく、その場が沈黙につつまれると、

「あっしを帰《けえ》してくだせえ。知ってることは、話しやした」

弥七が、唐十郎たちに目をやって言った。

「弥七、命が惜《お》しいか」

桑兵衛が、弥七を見据《みす》えて言った。

「……！」

弥七の顔から、血《ち》の気《け》が引いた。桑兵衛に、斬り殺されると思ったらしい。

「おまえはおれたちに捕まって、親分のことを話したが、すぐに仲間たちに知れるぞ」

桑兵衛が言った。

「そ、そうかも知れねえ」

弥七の声が、つまった。不安そうな顔をしている。

「死にたくなかったら、しばらくどこかに身を隠しているんだな。おれたちは、お前に手は出さぬ」

桑兵衛は弥七に目をやり、「弥七、行け！」と声高《こわだか》に言った。

弥七は権蔵や子分たちのいる家に背をむけて、よろけるような足取りで歩きだした。仲間のいる家には戻らず、何処かに身を隠すつもりらしい。

唐十郎は、弥七の姿が遠ざかると、

「明日、茶漬屋に行ってみますか」

そう言って、桑兵衛たちに目をやった。

「明日の天気次第だな」

桑兵衛が言うと、その場にいた弥次郎と弐平がうなずいた。

2

翌日は、曇天《どんてん》だった。今にも、雨が降りそうである。

唐十郎、桑兵衛、弥次郎の三人は道場を出ると、新シ橋の近くにあるという茶漬屋にむかった。権蔵が来ているかどうか分からなかったが、茶漬屋だけでも見ておこうと思ったのである。

途中、弐平が和泉橋のたもとで待っていた。そこで待ち合わせることにしてあったのだ。

「行きやしょう」

弐平が先にたって、神田川にかかる和泉橋を渡った。

渡った先が、柳原通りである。柳原通りは、賑《にぎ》わっていた。両国広小路《りょうごくひろこうじ》と八《や》ツ小《こう》路《じ》と呼ばれる昌平橋《しょうへいばし》のたもとに繋がっていることもあり、様々な身分の者が行き交っている。

唐十郎たちは、柳原通りを東にむかった。いっとき歩くと、前方に新シ橋が見えてきた。

「権蔵の情婦《いろ》のやってる茶漬屋は、新シ橋の近くだったな」

桑兵衛が、歩きながら言った。

唐十郎たちは新シ橋のたもと近くに足をとめた。そして、通りを行き交う人の邪魔にならないように通り沿いに植えられた柳の樹陰《こかげ》に身を寄せた。

「茶漬屋ということでしたな」

唐十郎が、念を押すように言った。

「茶漬屋は、あまりないはずだ。橋のたもと近くで訊けば、分かるのではないか」

そう言って、桑兵衛が唐十郎たちに目をやった。

「半刻（一時間）ほどしたら、この場にもどることにして、別々になって聞き込みますか。茶漬屋には入らず、近所で聞き込めば様子が知れるはずです」

唐十郎が言った。

「そうしやしょう」

弐平が言い、唐十郎たちはその場で別れた。

ひとりになった唐十郎は、新シ橋のたもとから、東方に一町ほどいったところに、古着屋の床店《とこみせ》があるのに目をとめた。店の親爺《おやじ》が、通りかかった職人ふうの男となにやら話している。

唐十郎は親爺に訊いてみようと思い、店先に近付いた。

するとしかし、職人ふうの男が、

「親爺、また来るぜ」

と言い残し、店先から離れた。店に近付いてくる唐十郎を目にして、無駄話をやめたらしい。

「訊きたいことがある」

唐十郎が、親爺に声をかけた。

「何です」

親爺が、素《そ》っ気《け》なく言った。唐十郎を客ではない、とみたからだろう。

「この近くに、茶漬屋があると聞いて来たのだがな。どこにあるか、知っているか」

唐十郎が親爺に訊いた。

「茶漬屋ですかい。……たしか、この先の一膳めし屋の脇の道に入《へえ》った先に、茶漬屋があったたな」

親爺が、通りの先を指差して言った。

見ると、半町ほど先に一膳めし屋があった。その脇に、細い道がある。

「手間をとらせたな」

唐十郎は親爺に声をかけてその場を離れ、一膳めし屋にむかった。

一膳めし屋の脇の細い道に入ると、道沿いに、蕎麦《そば》屋や小体《こてい》な酒屋などが並んでいるのが見えた。その道をすこし歩くと、並んでいる店のなかに茶漬屋があった。店の出入り口の脇にある掛看板に、「御茶漬、酒」と書いてある。どうやら、御茶漬の他に酒も出しているようだ。

唐十郎は、茶漬屋からすこし離れた道端に立ち、茶漬屋の店先に目をやった。店には入らず、客が出てきたら話を聞いてみようと思ったのだ。

唐十郎が路傍に立っていっとき待つと、職人ふうの男がふたり茶漬屋から出てきた。ふたりは何やら話しながら、柳原通りの方に歩いていく。

唐十郎は小走りにふたりに近付き、「しばし、しばし」と声をかけた。

ふたりの男は足をとめて、唐十郎を見た。戸惑うような顔をしている。いきなり、見ず知らずの武士に声をかけられたからだろう。

「訊きたいことがある」

唐十郎が、ふたりに目をやって言った。

「あっしらですかい」

大柄な男が、唐十郎に訊いた。この男が年上らしい。

「いま、茶漬屋から出てきたな」

唐十郎が、ふたりの男に目をやって言った。

「へえ……」

大柄な男が、うなずいた。

「権蔵という男を知っているか」

唐十郎が、権蔵の名を出して訊いた。

「知ってやす」

そう言った大柄な男の顔に、警戒の色が浮いた。もうひとりの瘦身《そうしん》の男も、警戒するような目で唐十郎を見ている。権蔵が何者か知っているようだ。

唐十郎はふたりの男に身を寄せ、

「実は、賭場で権蔵と知り合ってな。この茶漬屋のことを聞いたのだ。それで、来てみたのだ」

と、声をひそめて言った。

「そうですかい」

ふたりの男の顔から、警戒の色が消えた。

「近頃、茶漬屋で権蔵を見たことがあるか」

唐十郎が、声をひそめて訊いた。

「権蔵親分は、ちかごろ来てねえようだが……」

大柄な男が言うと、

「三日前、権蔵親分を見掛けたぜ」

もうひとりの瘦身の男が、脇から口を挟んだ。

「三日前に、来たのか」

唐十郎が言った。どうやら権蔵は、ときどき茶漬屋に来ているようだ、と胸の内でつぶやいた。

唐十郎はふたりの男が黙っているのを見て、

「おれの知り合いの関山と森田というふたりの武士が、茶漬屋の話をしていたのだが、ふたりを見たことがあるか」

唐十郎が、ふたりの名を出して訊いた。

「茶漬屋で、お侍と顔を合わせたことはねえ」

大柄な男が言うと、もうひとりの男がうなずいた。

「関山たちは、この店に来ることはないのだな」

唐十郎が言った。

唐十郎がいっとき口をつぐんでいると、

「あっしらは、これから行くところがありやして……」

大柄な男がそう言って、唐十郎に頭を下げ、踵《きびす》を返した。

大柄な男がその場を離れると、痩身の男は慌《あわ》てて大柄な男の後を追った。

唐十郎は茶漬屋の店先から離れ、道沿いにある他の店に立ち寄って権蔵のことを訊いてみたが、新たなことは分からなかった。

3

唐十郎が、新シ橋のたもと近くにもどると、桑兵衛と弐平が待っていた。弥次郎の姿はなかった。

「話すのは、本間が来てからにしよう」

桑兵衛が言った。

唐十郎と弐平は、うなずいた。三人だけで話しても、弥次郎がもどったら同じことを話さねばならないからだ。

三人がその場に顔を揃えて間もなく、

「本間の旦那ですぜ」

弐平が通りの先を指差して言った。

見ると、弥次郎が柳原通りを小走りに近付いてくる。

唐十郎は、弥次郎が近付くのを待ってから、

「おれから、話します」

と言い、茶漬屋から出てきたふたりの男から聞いたことをかいつまんで話した。

「あっしも、茶漬屋に権蔵が来るという話を聞きやしたぜ」

弐平が身を乗り出して言った。

すると、遅れてきた弥次郎が、その場にいた唐十郎たち三人に目をやり、

「俺も聞きました。それに、権蔵は茶漬屋にお忍びで来るようです。子分を連れて来ても、ひとりか二人らしい」

と、話した。

「権蔵が茶漬屋に来たときを狙えば、討てそうだ」

桑兵衛が、その場にいた男たちに目をやって言い、「おれは、これといったことは聞けなかったよ」と、苦笑いを浮かべて言い添えた。

次に話をする者がなく、その場が沈黙につつまれたとき、

「どうしやす」

と、弐平が男たちに目をやって訊いた。

「今日のところは、これで帰ろう。……権蔵の動きを見て、茶漬屋にお忍びで来ていることが分かれば、討つことができる」

桑兵衛が言った。

唐十郎たち四人は、いったん狩谷道場にもどった。腰を落ち着けて、今後どうするか、相談しようと思ったのだ。

唐十郎たちが道場の床に腰を下ろすと、

「歩きまわって、すこし疲れたな」

桑兵衛が言った。

「てえしたことはねえ。歩きまわるのは、御用聞きの仕事でさァ」

弐平が胸を張って言った。

「そうか。聞き込みは、弐平にかなわんな」

桑兵衛が、苦笑いを浮かべた。

次に口を開く者がなく、道場内が静寂《せいじゃく》につつまれたとき、

「どうだ、疲れなおしに、一杯やるか」

桑兵衛が、男たちに目をやって言った。

「有り難え！　一杯、やりやしょう」

弐平が声を上げた。

「ただ、酒だけだぞ。肴《さかな》は、用意できないからな」

「酒さえあれば、文句は言わねえ」

弐平が言うと、そばにいた弥次郎が頷《うなず》いた。

「弐平と本間は、ここにいてくれ。おれと唐十郎とで、母屋《おもや》から持ってくる」

桑兵衛がそう言って、立ち上がった。

唐十郎は苦笑いを浮かべて腰を上げ、桑兵衛につづいて道場を出た。ふたりが向かったのは、道場の裏手にある母屋である。

狩谷家には、母屋にとせという下働きの女が通いで来ていて、唐十郎と桑兵衛の飯の支度《したく》をしたり、茶を淹《い》れたりしてくれた。

唐十郎と桑兵衛は母屋に行って、とせに話し、酒を用意してもらうつもりだった。それから小半刻《こはんとき》（三十分）ほどし、唐十郎と桑兵衛は、酒の入った貧乏徳利《どっくり》と盆に四人の湯飲みを載せて運んできた。湯飲みは、猪口《ちょこ》の代わりらしい。

「やはり、肴はなかった。酒だけだ」

桑兵衛が、苦笑いを浮かべて言った。

唐十郎が、先に湯飲みを弥次郎と弐平の膝先《ひざさき》に置き、貧乏徳利の酒をついでやった。

「すまねえ」

弐平が、照れたような顔で言うと、

「それがしに、つがせてください」

弥次郎が言い、唐十郎と桑兵衛が道場の床に腰を下ろすのを待ってから、ふたりの膝先に湯飲みを置いて、酒をついだ。

弥次郎はあらためて腰を下ろした。

桑兵衛は全員の湯飲みに酒がつがれるのを待って、

「飲んでくれ」

と、男たちに目をやって言った。

桑兵衛は、道場にいる男たちが、湯飲みの酒を飲むのを待ってから、

「明日も、茶漬屋に行ってみるか。権蔵が来ているかもしれん」

と、声をあらためて言った。

「いや、明日も、権蔵は茶漬屋にはいないような気がします。やはり、権蔵は子分た

ちのいる小柳町の家にいると思いますが……」

唐十郎は、語尾を濁《にご》した。確信がなかったからである。

「あっしも、そうみてやす」

弐平が、身を乗り出して言った。

「やはり、賭場の行き帰りを狙うしかないか」

桑兵衛が、男たちに目をやって言った。

唐十郎、弥次郎、弐平の三人が、無言でうなずいた。

それから、唐十郎たちは、権蔵のことには触れず、関山と森田のことを話した。唐十郎たちにとって、殺された青山源之助の敵《かたき》を討ってやるためにも、関山と森田を斬らねばならなかった。

「関山と森田は、権蔵のそばにいるはずだ。青山の敵を討つために、ふたりを斬る」

桑兵衛が語気を強くして言うと、その場にいた唐十郎たち三人がうなずいた。四人の顔はいつになく、厳しかった。

4

唐十郎と桑兵衛は、道場の床に腰を下ろしていた。弥次郎と弐平をくわえた四人で、酒を飲んだ翌朝である。

唐十郎と桑兵衛は、弥次郎と弐平が来るのを待っていた。四人で、小柳町一丁目に行くつもりだった。権蔵の住む家を探り、機会があれば、関山と森田を討って青山の無念を晴らしてやるのだ。当然、権蔵がいれば、討たねばならないだろう。

唐十郎と桑兵衛が道場に来て小半刻（三十分）ほど経《た》ったとき、道場の表の板戸の開く音がし、弥次郎が姿を見せた。

弥次郎は唐十郎と桑兵衛に挨拶《あいさつ》した後、

「弐平は、まだですか」

と、訊いた。同じ町内に住む弐平は先に来ていると思ったらしい。

「遅いな。もう来てもいいころだが」

桑兵衛が首を傾《かし》げた。

そのとき、道場の表戸が開き、弐平が飛び込んできた。ひどく慌《あわ》てている。

「どうした、弐平」

桑兵衛が、脇に置いてあった大刀を引き寄せて訊いた。弐平に、何かあったとみたらしい。

「い、いやす、大勢!」

弐平が声をつまらせて言った。

「誰がいるのだ」

「権蔵の子分たちでさァ!」

「どこにいるのだ」

桑兵衛が、腰を上げた。そばにいた唐十郎と弥次郎も、刀を手にして立ち上がった。

「道場の表の道に」

弐平が、一町ほど先に、権蔵の子分と思われる男たちが十人ほど集まっていることを、口早に言った。

「武士もいるか」

「いやした。関山と森田と思われる二人、それに牢人《ろうにん》ふうの男がひとりいやした」

「武士が三人、それに子分が十人ほどだな」

桑兵衛が、念を押すように訊いた。

「そうでさァ」

弐平が声高に言った。

「道場に入られると、面倒だ。外で迎え討つ」

桑兵衛が語気を強くして言った。

「出るぞ！」

唐十郎が弥次郎に声をかけ、ふたりで先に外に出た。桑兵衛が、つづいた。弐平だけは、道場の戸口近くまで行って、土間に残っている。敵と斬り合うことになると、弐平の十手では手に負えないのだ。

「いるぞ！」

唐十郎が、通りを指差した。道場から半町ほど離れた先に、遊び人ふうの男が十数人いた。大勢である。権蔵の子分たちであろう。

弐平の言ったように、武士が三人いた。遠方ではっきりしないが、子分と思《おぼ》しき遊び人ふうの男も、十人以上いる。

「関山と森田だ！」

桑兵衛が言った。三人の武士のなかに、関山と森田がいるのを目にしたのだ。もうひとりは大柄な武士だった。権蔵が貸元として賭場に行き来するとき、用心棒としてそばにいた武士である。

「あそこだ！」

「三人いるぞ！」

遠方にいる男たちのなかから声があがった。道場の戸口に出てきた唐十郎たちの姿を目にしたらしい。

男たちが、「三人を斬れ！」「ひとりも、逃がすな」「殺《や》っちまえ！」などという声を上げ、足早に道場に近付いてきた。

「来るぞ！」

唐十郎が言った。

「戸口から離れるな。背後にまわられると、太刀《たちう》打ちできないぞ」

桑兵衛が、唐十郎と弥次郎に目をやって言った。

唐十郎たち三人は刀を抜き、十分ふるえるように、すこし間をとった。

そこへ、関山たち三人と遊び人ふうの男が十数人、走り寄った。ただ、唐十郎、桑兵衛、弥次郎の前に立ったのは、それぞれひとりである。他の男たちは、唐十郎たちと対峙《たいじ》した男の背後や脇に立っている。

唐十郎たち三人は、道場の板戸を背にして並んで立っていた。そのため子分たちは、唐十郎たちの背後や脇にまわれないのだ。

唐十郎の前に立ったのは、森田だった。どっしりした体軀《たいく》の男で、剣の遣い手らしく、腰が据わっている。

桑兵衛の前には関山が立ち、弥次郎の前には権蔵の用心棒である大柄な武士がまわり込んできた。

桑兵衛は対峙した関山を睨《にら》むように見据え、

「わが道場に何の用か！」

と、語気を強くして言った。

「狩谷、おぬし、命が惜しくないようだな」

関山が薄笑いを浮かべて言った。だが、桑兵衛にむけられた目は笑っていなかった。切っ先のような鋭い光を宿している。

関山は、青眼《せいがん》に構えた刀の切っ先を桑兵衛にむけていた。腰の据わった隙《すき》のない構えである。

桑兵衛と関山との間合は、およそ二間半――。真剣勝負の立ち合いの間合としては、狭かった。

そこは道場の戸口の前であり、桑兵衛のそばには、唐十郎と弥次郎がいた。それに、遊び人らしい男たちが、手に手に匕首《あいくち》や長脇差《ながどす》を持って立っている。男たちがいる場も狭く、手にした武器を自在にふるうことはできないはずだ。

5

唐十郎は青眼に構え、切っ先を森田の目にむけていた。腰の据わった隙のない構えである。

対する森田は、八相《はっそう》だった。大きな構えである。刀身を垂直に立て、切っ先で天空を突くように高く構えていた。その大柄な体とあいまって、上から覆《おお》い被《かぶ》さってくるような威圧感がある。

だが、唐十郎には、森田の初太刀《しょたち》が見えていた。その場は狭く、森田のそばには、仲間がいた。八相の構えから刀を横に払ったり、二の太刀を振るうために左右に踏み込むことはできないはずだ。

……森田は八相の構えから一歩踏み込んで、袈裟《けさ》か真っ向に斬り込むしかない。

そう、唐十郎はみていた。

森田も自在に動けないことは分かっているらしく、八相に構えたまま斬り込んでこなかった。

対する唐十郎も、青眼に構えたまま動かなかった。下手に仕掛けた方が、敵の斬撃をあびるだろう。

どれほどの時間が経過したのか——。唐十郎と森田は敵に集中し、時間の経過の意識がなかった。

そのとき、ギャッ！　という悲鳴が響いた。そして、弥次郎の前にいた用心棒の男がよろめいた。弥次郎の斬撃を浴びたのである。

その用心棒の悲鳴で、森田の全身に斬撃の気がはしった。

タアッ！

森田が鋭い気合を発して斬り込んできた。

八相から袈裟へ——。

刹那《せつな》、唐十郎は半歩身を退きざま、青眼の構えから刀身を横に払った。一瞬の太刀《たち》捌《さば》きである。

森田の切っ先は空《くう》を切り、唐十郎の切っ先は森田の右の二の腕をとらえた。次の瞬間、森田は後ろに大きく跳んで間合をとり、唐十郎の二の太刀から逃れた。

森田の小袖が裂け、あらわになった右腕に血の色があった。だが、浅手である。

ふたりは間合を広くとると、ふたたび唐十郎は青眼に、森田は八相に構えた。

森田の右の二の腕から、血が赤い筋になって流れ落ちている。

「森田、勝負あったぞ！」

唐十郎が声をかけた。

「おのれ！」

森田の顔が、憤怒《ふんぬ》に赭黒《あかぐろ》く染まった。昂奮《こうふん》のため、両腕に力が入り過ぎているらしく、八相に構えた刀の切っ先が、小刻みに震えている。

……勝てる！

と、唐十郎は思った。腕に力が入り過ぎると、動きが遅くなるのだ。

唐十郎は青眼に構え、切っ先を森田の目にむけた。隙のない構えで、今にも斬り込んでいきそうな気魄《きはく》がこもっている。

森田は八相に構えたまま、後じさった。唐十郎の気魄に押されたのである。

ふいに、森田の動きがとまった。背後に、味方の遊び人ふうの男が匕首を持って身構えていたため、下がれなくなったのだ。

森田は動きをとめ、味方の男のいる脇へまわろうとした。そのとき、視線が脇へ逸れた。この一瞬の隙を、唐十郎がとらえた。

タアッ！

唐十郎が、鋭い気合を発しざま袈裟に斬り込んだ。

咄嗟《とっさ》に、森田は右手に体《たい》を寄せて、唐十郎の斬撃をかわそうとした。だが、わずかに動きが遅れた。

唐十郎の切っ先が、森田の左肩から胸にかけて小袖を斬り裂いた。

あらわになった森田の胸に、血の線がはしった。だが、浅手である。

慌てて森田は身を退き、味方の男の背後にまわった。そして、反転して走りだした。逃げたのである。

「待て！」

唐十郎は森田を追おうとしたが、その場から動けなかった。前に、遊び人ふうの男たちが何人も立ち塞《ふさ》がっていて、追えなかったのだ。

このとき、桑兵衛と対峙していた関山は、逃げる森田を目にし、素早く身を退くと、

「退け！　退け！」

と、声を上げた。

ふいに、悲鳴が聞こえた。遊び人ふうの男が、弥次郎に斬られたらしい。斬られた男は後ろによろめいた。

近くにいた何人かの遊び人が、匕首や長脇差などを手にしたまま後ずさり、弥次郎と桑兵衛のそばから離れると、反転して走りだした。逃げたのである。

「待て！」

弥次郎が逃げる男たちを追ったが、すぐに足をとめた。男たちの逃げ足が速く、追っても追いつけないとみたのだ。

唐十郎たちと道場を襲った関山たちとの戦いは、終わった。唐十郎、桑兵衛、弥次郎の三人は、無事だった。ただ、弥次郎の左袖が裂け、かすかに血の色があった。かすり傷といってもいい。

道場を襲った関山たちのなかで、遊び人ふうの男がひとり血に染まり、戸口の近くにへたり込んでいた。弥次郎に斬られた男だ。

そのとき、道場の表戸が開いて、弐平が顔を出した。戸口近くの戦いが終わり、敵が逃げたことを知って、出てきたのだろう。

「みんな、無事ですかい」

弐平が、戸口にいた唐十郎、桑兵衛、弥次郎の三人に目をやって訊いた。

「おれは、かすり傷だ」

弥次郎が苦笑いを浮かべて、裂けている左袖に目をやった。すでに、血はとまっているようだ。

「やっぱり、旦那たちは強《つえ》えや」

弐平はそう言った後、戸口近くで呻《うめ》き声を上げている遊び人ふうの男を目にし、

「ひとり、残っていやす」

と指差して言った。

「あの男に、訊いてみるか」

唐十郎が遊び人ふうの男に近付くと、そばにいた桑兵衛たちも足をむけた。

6

遊び人ふうの男は、脇腹の辺りを右手で押さえて蹲《うずくま》っていた。

弥次郎が男の背後にまわり、男の肩先をつかんで身を起こした。男は苦痛に顔を歪め、呻き声を上げた。脇腹の辺りの小袖が裂け、血に染まっている。

「手拭《てぬぐ》いを持っているか」

桑兵衛が訊いた。

「ありやす」

弐平が帯に挟んであった手拭いを手にし、桑兵衛に渡した。

桑兵衛は手拭いを折り畳み、男の脇腹に当てて、

「これを、手で押さえろ」

と言って、男に手拭いを押さえさせた。

「血がとまれば、助かる」

桑兵衛が男に言った。

男は驚いたような顔をして桑兵衛を見上げ、首をすくめるように頭を下げた。殺そうとして襲った敵が、手当てしてくれたからだろう。

「名は」

桑兵衛が訊いた。

男は戸惑うような顔をしたが、

「勝次《かつじ》でさァ」

と、小声で名乗った。

「勝次、森田たちは、おれたちを殺すために道場を襲ったのだな」

桑兵衛が訊いた。

勝次は戸惑うような顔をしたが、

「そ、そうで……」

と認めた。

「だれの指図だ」

「ご、権蔵親分でさァ。関山の旦那が、親分に旦那たちのことを話したんで……。それを聞いた親分が、旦那たちを殺せと」

「そういうことか」

桑兵衛はうなずき、「何かあったら、訊いてくれ」と言って、その場にいた唐十郎たちに目をやった。

「関山は、権蔵に何と言ったのだ」

唐十郎が訊いた。

「関山の旦那は、狩谷道場の者たちをこのままにしておくと、何をするか分からねえ。親分を襲うかもしれねえ、と話したんで」

「それで」

「親分は、あっしらに、道場を襲って皆殺しにしろ、と言いやした」

「やはり関山たちが青山源之助を斬り、わが道場が仇討ちに出ることを予期していたのか」

そう言って、唐十郎が勝次の前から身を退いた。

唐十郎に代わって、唐十郎が勝次の前にたった弥次郎が、

「ふだん、関山と森田は、小柳町一丁目にある権蔵の家にいるのだな」

と、念を押すように訊いた。

「そうでさァ」

「関山たちも賭場に行くことがあるようだが、権蔵たちとは別だな」

弥次郎が言った。

「近頃、親分たちと一緒に行くようで」

「何かあったのか」

「関山の旦那から、話があったんでさァ」

「どんな話だ」

弥次郎が、身を乗り出して訊いた。そばにいた唐十郎と桑兵衛も、勝次の次の言葉を待っている。

「ちかごろ、博奕《ばくち》に負けて親分を恨《うら》んでいる二本差しが何人かいて、親分の命を狙っ

ていらしい、と話したようで」

「その二本差しとは、おれたちのことではないか」

唐十郎が、身を乗り出して訊いた。

「そうで……」

勝次が首をすくめた。

「嘘《うそ》を並べて、おれたちが博奕に負けて親分を恨んでいることにしたのか」

唐十郎は、呆《あき》れたような顔をしたが、

「それで、関山たちも権蔵たちも、賭場に一緒に出入りすることで、おれたちから身を守ろうとしたわけか」

と、表情を引き締めて言った。

唐十郎が勝次の前から身を退くと、

「勝次、関山と森田は、権蔵の家から離れ、別の所に行くことはないのか」

弥次郎が訊いた。

勝次は小首を傾げて、記憶をたどっているようだったが、

「関山の旦那と森田の旦那は、親分のお供をして、新シ橋の近くに行くことがありやす」

と、小声で言った。

「茶漬屋か」

すぐに、弥次郎が訊いた。

「茶漬屋を知ってるんですかい」

勝次が、驚いたような顔をした。

「権蔵の情婦《いろ》のやっている店ではないのか」

「そうでさァ」

「関山と森田は、権蔵のお供で茶漬屋に行くことがあるのだな」

弥次郎が念を押した。

「ただ、ちかごろはあまり行かねえようで」

勝次が、首を捻《ひね》りながら言った。

「新シ橋の近くにいったら、確かめてみよう」

そう言って、弥次郎は身を退いた。

次に勝次から話を聞く者がなく、その場が静寂につつまれると、

「あっしを帰《けえ》してくだせえ。知っていることは、みんな話しやした」

勝次が、その場にいる唐十郎たちに目をやって言った。

「勝次、他の子分にも話したことがあるのだがな。このまま権蔵の家に帰ったら、仲間に殺されるぞ」

　桑兵衛が言った。

「……！」

　勝次が、息を呑《の》んで桑兵衛を見た。

「勝次がおれたちに捕らえられたことは、関山たちは知っているぞ。権蔵の家に帰って、おれたちの隙を見て逃げてきたとでも話すか。誰も信じまいな。……権蔵たちは、勝次が仲間のことを話したので、許されたとみるぞ」

「こ、殺されるかも、知れねえ」

　勝次の顔から、血の気が引いた。

「名は言わぬが、おまえたちの仲間を捕らえたときも、しばらく権蔵たちから離れて暮らすように話したのだ。おまえも命が惜しかったら権蔵の許《もと》には帰らず、どこか別の場所で暮らすんだな」

　桑兵衛が言った。

　勝次はいっとき戸惑うような顔をして黙っていたが、決心がついたのか、

「本郷《ほんごう》にいる兄貴が、蕎麦屋をしてるんで、しばらくそこで厄介《やっかい》になりやす」

そう言って、桑兵衛たちに頭を下げた。

7

唐十郎、桑兵衛、弥次郎、弐平の四人は、勝次から話を聞いた翌日の午後、道場を出ると、小柳町三丁目にむかった。賭場の近くに身を隠し、賭場の貸元をしている権蔵たちが帰りに姿を見せたら、捕らえるなり、討つなりするつもりだった。

唐十郎たちは勝次から、近頃、関山と森田は権蔵たちと一緒に賭場に行くと聞き、賭場からの帰りを狙おうと思ったのだ。

関山と森田は、賭場へ行けば博奕を打つはずである。行くときは権蔵たちと一緒でも、帰りは別になるだろう。貸元である権蔵は賭場で挨拶《あいさつ》をし、後を代貸に任せて先に賭場を出るはずだ。

権蔵たちを討った後、関山と森田が賭場を出るのを待って襲えば、殺された源之助の敵を討つこともできる。

唐十郎たちは、賭場になっている仕舞屋《しもたや》から半町ほど離れたところで枝葉を繁らせている椿の樹陰に身を隠した。そこは以前、賭場に出入りする権蔵たちを見張った場所である。

唐十郎たちが樹陰に身を隠して、半刻（一時間）ほど経ったろうか。通りの先に目をやっていた弐平が、

「来やした！　権蔵たちが」

と、身を乗り出して言った。

見ると、通りの先に権蔵たちの一行が見えた。大勢である。

「この前、見たときより人数が多いようですぜ」

弐平が昂奮して言った。

「大勢いるな」

桑兵衛は、権蔵たちの一行を見つめている。

「十人ほど、いるのではないか」

唐十郎が言った。以前、権蔵たちが賭場に向かうのを見たとき、一行は八人だった。まだ、遠方ではっきりしないが、十人ほどいるようだ。

権蔵たち一行が、次第に近付いてきた。

「武士が、何人かいるな」

桑兵衛が言った。

一行のなかに、武士が何人かいるようだ。

「三人、いやす!」

弐平が、昂《たかぶ》った声で言った。

「関山と森田が、一緒だ!」

唐十郎が、一行を見据えて言った。

権蔵たちの一行は、十人だった。そのなかに、昨日狩谷道場を襲った武士が三人いた。以前から権蔵の用心棒として賭場の行き帰りに一緒にいた大柄な男、それに、関山、森田の三人である。

「関山と森田は、博奕を打ちにきたのではないか」

桑兵衛が言った。

以前、唐十郎たちが、この場で権蔵たちを見張ったときもそうだった。権蔵たちの一行には、大柄な武士がひとりしかいなかったが、関山と森田は別に賭場に来ていて、博奕をしていたようなのだ。

権蔵たち一行は、樹陰に身を隠している唐十郎たちには気付かず、すぐ前を足早に通り過ぎていく。

唐十郎たちは、手が出なかった。権蔵たちは総勢十人で、そのなかには武士が三人もいる。唐十郎たちが権蔵たちを捕らえるなり討つなりしようとして飛び出せば、逆に討ち取られるだろう。

唐十郎たちは、樹陰に身を隠したまま一行が通り過ぎるのを見送った。

権蔵たちは空地の前まで行くと、賭場になっている仕舞屋に足をむけた。そして、下足番に迎えられ、賭場に入った。

「どうしやす」

弐平が訊いた。

「帰りだ。先に、関山と森田を討つ。ふたりは、博奕を打つために賭場に残るはずだ。……権蔵が子分たちを連れて帰った後、関山と森田が博奕をやめて帰るのを待つのだ」

桑兵衛が、その場にいた唐十郎たちに目をやって言った。

それから、唐十郎たちは樹陰に身を隠したまま、権蔵たちが賭場を出て帰るのを待った。場合によっては、権蔵たちを関山と森田より先に討ちとってもいい。その後、関山と森田が姿を現すのを待って、討つこともできる。

辺りは、淡《あわ》い夜陰《やいん》につつまれてきた。賭場に通じている道を行き来する男の姿は見られなくなった。賭場では博奕が行われているらしく、唐十郎たちのいる樹陰から賭場になっている仕舞屋の灯が見え、かすかに男たちの笑いや話し声が聞こえた。

「そろそろ、権蔵たちが出てきてもいいころだな」

桑兵衛が言った。

賭場の貸元である権蔵は後を代貸に任せて、先に賭場を出ることが多い。当然、何人かの子分を連れてくる。

唐十郎たちは、樹陰に身を隠したまま権蔵たちが出て来るのを待った。

「来た！」

弐平が身を乗り出して言った。

見ると、賭場になっている仕舞屋の戸口から、男たちが出てきた。提灯《ちょうちん》の明かりに、何人もの男の姿が浮かび上がっていた。遠方で、辺りが夜陰につつまれているため、男たちであることは知れたが、何者かは分からない。

「大勢、いやす！」

弐平が言った。

提灯の明かりは、五つ。仕舞屋の戸口から出てきた男たちをぼんやり照らしている。何人いるか、はっきりしないが、十人ほどいるようだ。

「おい、賭場にむかったときと、あまり変わらんぞ」

桑兵衛が、仕舞屋の戸口から通りに出てきた提灯の明かりに目をやりながら言った。

提灯を手にした一行は通りに出ると、唐十郎たちのいる方へ足をむけた。男たちの手にした提灯の明かりが夜陰のなかに、その姿をぼんやりと浮かび上がらせている。

「ぶ、武士は、ひとりじゃァねえ」

弐平が、声をつまらせて言った。

弐平の言うとおり、提灯の明かりが、大小を腰に差した武士の姿を夜陰のなかに浮かび上がらせた。

「武士が、三人いる!」

唐十郎は小声で言ったが、その声は昂っていた。緊張しているらしい。

「賭場に向かったときと、同じ人数だ!　一緒にいた武士たちも変わらぬ」

珍しく、桑兵衛の声がうわずっていた。

桑兵衛が見たとおり、一行のなかには、大柄な武士の他に関山と森田の姿もあった。ふたりは賭場に残らず、権蔵たちと一緒に出たのだ。恐らく、権蔵の住《す》み処《か》まで一緒に行くのだろう。

「て、手が出ねえ」

弐平は小声で言った。昂奮しているらしく声が震えている。

権蔵たちの一行は、唐十郎たちの前を通り過ぎていく。その姿が、夜陰のなかに遠ざかると、

「権蔵たちは、おれたちが待ち伏せしていることも考え、帰りも関山と森田を連れてきたのだ」

桑兵衛が、遠ざかっていく提灯の明かりを見据えて言った。

第四章　隠れ家

1

「権蔵たちには、してやられたな」

桑兵衛が、苦笑いを浮かべて言った。

唐十郎、桑兵衛、弥次郎、弐平の四人は、狩谷道場にいた。唐十郎たちが賭場《とば》を見張り、権蔵や関山たちを討《う》ち取ろうとした翌日である。

四ツ（午前十時）ごろだったが、唐十郎たちの他に門弟の姿はなかった。このところ唐十郎たちは、まともに稽古《けいこ》をやらなかったので、門弟たちが姿を見せない日もすくなくなかった。

狩谷道場にはもともと門弟がすくなかったし、まとまって稽古をすることは滅多《めった》になかった。それぞれが勝手に道場に来て、稽古をしてもいいことになっていたが、道場に姿を見せない日もある。

門弟たちの多くは、門人だった青山が何者かに斬られ、その無念を晴らすために、道場主の桑兵衛をはじめ、師範代の弥次郎などが奔走《ほんそう》していることを知っていた。それで、あえて道場に来ない者もいたのだ。

「これから、どうする」

　桑兵衛が、その場にいた三人に目をやって訊《き》いた。

「しばらく権蔵には手を出さず、関山と森田だけを狙いますか」

　唐十郎が言った。

「どう動くのだ」

　桑兵衛が訊くと、弥次郎と弐平が唐十郎に目をむけた。

「関山と森田が一緒かどうか分からないが、賭場の他に権蔵の家を出て何処《どこ》かに出掛けることがあるはずです。……ふたりが連日、権蔵の家に閉じこもっているとは思えません」

　唐十郎が言うと、

「関山には美鈴の女将《おかみ》の他に情婦《いろ》がいて、密《ひそ》かに出掛けてるかもしれねえ」

　弐平が身を乗り出して言った。

「情婦がいるかどうか分からんが、ふたりが賭場の他に何処へも出掛けず、権蔵の家に閉じこもっているとは思えんな」

　桑兵衛が言った。

「権蔵の家にいる関山たちの仲間に、訊いてみやすか」

そう言って、弐平が唐十郎たちに目をやった。

「そうだな。ともかく、関山と森田の動きを探ってみよう」

桑兵衛が言うと、その場にいた唐十郎たち三人がうなずいた。

唐十郎たちは、道場にいてもやることがなかったので、すぐに腰を上げて道場を出た。向かった先は、小柳町一丁目にある権蔵の家である。

唐十郎たちは道場のある神田松永町を出て、神田川にかかる和泉橋を渡り、柳原通りを西にむかった。そして、小柳町一丁目に入っていっとき歩くと、二階建ての大きな家が見えてきた。権蔵や子分たち、それに関山と森田が身を潜《ひそ》めている家である。

唐十郎たちは、権蔵の家の半町ほど手前の路傍《ろぼう》に足をとめた。

「さて、どうする」

唐十郎が、桑兵衛たち三人に目をやって訊いた。

「近所で聞き込んでみてもいいが、関山と森田のことを知る者はすくないだろう。それに知っていても、ふたりの名と権蔵の用心棒らしいことぐらいだ。ふたりの隠れ家や情婦のことまで、知っている者はおるまい」

桑兵衛が言った。

「やはり、話を聞けそうな者に訊くしかないか」

唐十郎が言うと、

「権蔵の子分に訊きやしょう。……この辺りで権蔵の家を見張っていれば、子分たちが姿を見せるはずですぜ」

弐平が身を乗り出して言った。

「よし、権蔵の家の近くに身を隠して、話を聞けそうな者が出てくるのを待とう」

そう言って、桑兵衛が周囲に目をやった。身を隠す場所を探したのである。

「そこの下駄屋の脇は、どうです」

弐平が、道沿いにあった下駄屋を指差して言った。

唐十郎たちのいる場から半町ほど離れた道沿いに下駄屋があった。店先に、赤や紫などの鼻緒《はなお》をつけた下駄が並んでいる。客の姿はなく、店の親爺《おやじ》らしい男が、店先の下駄を並べ替えていた。その下駄屋の脇に、狭い空地があった。空地の隅で、欅《けやき》が枝葉を繁《しげ》らせている。

「あの空地なら、権蔵の家が見張れるな」

桑兵衛が言い、四人の男は下駄屋にむかった。

空地の隅の欅の樹陰《こかげ》に立つと、すこし遠方だが、権蔵の家がよく見えた。それに、通りかかった者が唐十郎たちの姿を目にしても、樹陰で一休みしていると思い、不審を抱かないだろう。

「権蔵の家を見張るには、いい場所だ」

桑兵衛が言った。

唐十郎たちは樹陰に立って、権蔵の家に目をやっていた。その場に来て、半刻《はんとき》(一時間)ほど経《た》ったろうか。

「出てきた!」

弐平が声を上げた。

「男だぞ」

唐十郎が、権蔵の家を指差して言った。

権蔵の家の戸口の格子戸《こうしど》があいて、男がひとり姿を見せた。遊び人ふうである。男は通りに出ると、左右に目をやってから、戸口から離れた。男は、唐十郎たちのいる方へ歩いてくる。

「あっしが、あの男に訊いてみやす。旦那《だんな》たちはこのまま、隠れててくだせえ」

弐平がそう言い残し、遊び人ふうの男の方にむかった。

唐十郎たち三人は欅の陰に通りからは見えないように身を隠して、弐平に目をやっている。

弐平は、遊び人ふうの男に近付き、

「兄い、すまねえ」

と、声をかけた。

男は足をとめ、不審そうな目で弐平を見た後、

「おれに、何か用かい」

と訊いた。

「ちと、訊きてえことがありやしてね」

「何が訊きてえ」

「権蔵親分の家に、関山の旦那と森田の旦那がいると聞いて、来てみたんですがね」

弐平が、ふたりの名を出した。

「おめえ、関山の旦那と森田の旦那を知っているのか」

と、男は声をひそめて訊いた。

「むかし、世話になったことがあるんでさァ。関山の旦那たちの屋敷で、下働きをしてたことがありやしてね。四、五年前のことで」

弐平は、咄嗟《とつさ》に頭に浮かんだことを口にした。

「それで、関山の旦那たちに、何か用があるのか」

男が、声をあらためて訊いた。

「てえした用じゃァねえんだが、旦那たちを外に呼び出すわけにはいかねえし……。おれのような者でも、旦那たちに会えるようなところはねえかな。遠くても、出掛けるぜ」

弐平が、もっともらしく訊いた。

「そうかい。……ふたりの旦那は、お忍びで出掛けることがあるぜ。そんとき、会ったらどうだい」

男が言った。弐平の話を信じたようだ。

「どこへ行けば、会えやす」

弐平が、身を乗り出して訊いた。

「新シ橋の近くに、茶漬屋がある。ふたりは、その茶漬屋の近くにある小料理屋を贔《ひい》屓《き》にしてて、よく出掛けるようだぜ。……関山の旦那は女将に気があるようだが、女将の方はどうかな」

男が、薄笑いを浮かべて言った。

「小料理屋の名は、知ってやすか」

そのとき弐平は、権蔵の情婦が、新シ橋の近くにある茶漬屋の女将であることを思い出した。権蔵に同行した関山が、茶漬屋の近くにある小料理屋に立ち寄って、女将を贔屓にするようになったとしても、不思議はない。

「確か、小菊《こぎく》だったな」

「小菊か。洒落《しやれ》た店の名だ。近くを通ったら寄ってみるよ」

弐平は、遊び人ふうの男に礼を言い、その場を離れた。

2

弐平は、唐十郎たちのいる場にもどると、

「関山のことが、知れやしたぜ」

そう言って、遊び人ふうの男から聞いたことを一通り話した。

「小菊か。そう言えば以前、関山は美鈴という小料理屋を贔屓にしていたことがあったな」

桑兵衛が言った。

「いずれにしろ、小菊に目をつけていれば、関山と森田を押さえることができそうです」

唐十郎が、口を挟んだ。

「それに、小菊のそばにある茶漬屋にも目を配れば、権蔵のことも知れるぞ」

弥次郎が言った。

「これから、新シ橋の近くまで行って小菊を探りたいが、遅過ぎるな。小菊を探るのは、明日にするか」

桑兵衛が、その場にいた男たちに目をやった。

「そうしやしょう」

弐平が、声高《こわだか》に言った。

その後、唐十郎たちは半刻（一時間）ほど権蔵の家を見張ったが、権蔵も関山も森田も姿を見せなかった。

「今日は、このまま道場に帰りますか」

唐十郎が、桑兵衛たちに目をやって言った。

「そうだな」

桑兵衛が言い、その場にいた男たちは、狩谷道場にむかった。

道場には、誰もいなかった。すでに、陽《ひ》は西の空にまわっていたので、門弟が稽古に来ていたとしても、それぞれの家に帰ったのだろう。

「茶でも飲むか」

そう言って、桑兵衛が立ち上がった。

桑兵衛は道場内に唐十郎、弥次郎、弐平の三人を残し、裏手の母屋《おもや》にむかった。下働きのとせに、茶を淹《い》れるように話してくるようだ。

桑兵衛が道場にもどり、小半刻（三十分）ほどして、とせが湯飲みを載せた盆を持って姿を見せた。

とせは弥次郎と弐平に挨拶《あいさつ》してから、湯飲みを桑兵衛たちの膝先《ひざさき》に置き、

「お茶請《う》けが、用意できなくて……」

と、首を竦《すく》めて言った。

「とせ、気にするな。今ごろ帰ってきて、急に茶を淹れさせたのだ。茶だけで、十分だよ」

桑兵衛が言うと、その場にいた男たちがうなずいた。

とせは表情を和《やわ》らげ、「何なりと、申しつけてくださいね」と言い残し、道場から出ていった。その場にいては、男たちの話の邪魔になると思ったらしい。

唐十郎たちは、茶をいっとき飲んだ後、

「明日は、どうする」

桑兵衛が、その場にいた唐十郎たち三人に訊いた。

「賭場へ行く権蔵たちを見張りやすか」

弐平が言った。

「無駄骨ではないかな。権蔵は用心深い男らしく、何人もの用心棒を連れて賭場に出掛ける。下手に襲えば、殺されるのはおれたちだ」

唐十郎が言うと、

「それにな、権蔵や関山たちは、おれたちが襲うことを念頭に置いて、返り討ちにするつもりで、何人もの武士を連れているのだ。……おれたちが腕のたつ味方を何人も連れて襲えば、権蔵たちを討てるかもしれんが、今のままでは無理だな」

桑兵衛が、語気を強くして言った。

次に口を開く者がなく、道場内は重苦しい沈黙につつまれたが、

「そうかといって、関山と森田、それに権蔵をこのままにしておくことはできない」

唐十郎が、珍しく強い口調で言った。

「やはり、権蔵や関山たちが、子分を連れずにお忍びで茶漬屋や小菊に出掛けるのを待ちやしょう」

弐平がそう言って、唐十郎たちに目をやった。

「それしか、手はないな」

桑兵衛が言うと、唐十郎と弥次郎がうなずいた。


翌日の昼過ぎ、唐十郎、桑兵衛、弥次郎、弐平の四人は道場を出ると、御徒町通りを南にむかった。

唐十郎たちは、神田川にかかる新シ橋近くにある茶漬屋と小菊に行き、権蔵や関山たちが来ているかどうか探ってみるつもりだった。そして、機会があれば、権蔵や関山たちを討つのだ。

唐十郎たちは、神田川にかかる和泉橋を渡り、柳原通りに出た。

「相変わらず、この通りは賑《にぎ》やかだな」

桑兵衛が、歩きながら言った。

柳原通りは、様々な身分の者たちが行き交っている。

唐十郎たちは、賑やかな通りを東にむかった。しばらく歩くと、神田川にかかる新シ橋のたもとに出た。さらに歩くと、道沿いにある一膳めし屋が見えてきた。その店の脇の道に入った先に、権蔵の情婦のやっている茶漬屋と関山が贔屓にしている小料理屋の小菊がある。

「権蔵や関山たちは、来てるかな」

弥次郎が、歩きながら言った。

「どうかな。そううまく、おれたちが出掛けてきた日に、権蔵や関山たちが店に来ているとは思えん。今日は、近所で様子を聞くだけではないかな」

桑兵衛が言った。

唐十郎たちは話しながら歩き、一膳めし屋の脇の道に入った。道沿いに、蕎麦《そば》屋や酒屋などが並んでいる。その店の並びに、茶漬屋があった。

桑兵衛たちは茶漬屋からすこし離れた路傍に足をとめ、あらためて店先に目をやった。

「客がいるようだ」

桑兵衛が言った。

茶漬屋の店のなかから、話し声が聞こえた。男と女の声である。男は客であろう。女は女将らしい。

唐十郎たちがいっとき路傍に立って店内の話し声を聞いていると、その物言いから客は武士でなく、町人らしいことが知れた。

「女は、女将らしいな」

桑兵衛が言った。

「男は、武士じゃァねえ。遊び人かも知れねえ」

弐平がつぶやいた。

そのとき、茶漬屋の表戸が開いて、遊び人ふうの男がひとり姿を見せた。店のなかで、女将と話していた男かもしれない。

「あっしが、あの男に訊いてきやす」

そう言い残し、弐平が男の後を追った。

弐平は男に追いつくと、何やら声をかけ、男と肩を並べて話しながら柳原通りの方へむかった。

弐平と男は柳原通りに出たらしく、ふたりの姿が見えなくなった。それから、いっときすると、弐平だけ戻ってきた。慌《あわ》てた様子で走ってくる。

弐平は唐十郎たちのそばに来るなり、

「ちゃ、茶漬屋に、権蔵は来てませんぜ」

と、荒い息を吐きながら言った。

「来てないか」

唐十郎は、茶漬屋から権蔵らしい男の声が聞こえなかったので、今日は来ていない、とみており、気を落とさなかった。

「茶漬屋が駄目なら、小菊を探ってみるか」

桑兵衛が言った。

3

唐十郎たち四人は、小料理屋の小菊にむかった。小菊は茶漬屋の近くにあるので、すぐに店先まで来た。

「おれが、様子を見てきます」

そう言い残し、唐十郎は小菊の入口に足をむけた。

唐十郎が小菊の入口に近付いたとき、ふいに格子戸があいて、職人ふうの男がふたり姿を見せた。ふたりの顔が、ほんのりと赤かった。小菊で一杯やり、腹拵《はらごしら》えもしたのだろう。

唐十郎は、ふたりが小菊の戸口から離れるのを待って近付き、

「訊きたいことがある」

と、声をかけた。

ふたりの男は足をとめ、唐十郎の顔を見て戸惑《とまど》うような顔をした。

「何です」

と、年上と思われる赤ら顔の男が訊いた。

「いま、小菊から出てきたな」

唐十郎が小声で言った。

「へい」

年上の男が、首を竦《すく》めるようにちいさくうなずいた。もうひとりの小柄な男は、不安そうな顔をして唐十郎を見つめている。

「小菊に、武士はいたか」

唐十郎は、関山のことを念頭に置いて訊いたのだ。

「いやせん」

すぐに、年上の男が言った。

「権蔵という男は、どうだ」

唐十郎は、念のため権蔵の名を出して訊いてみた。

「お、親分は、いやせん」

年上の男が、親分と呼んだ。権蔵の子分とは思えなかったが、権蔵のことを知っているらしい。珍しいことではなかった。権蔵とかかわりのない遊び人やならず者でも、権蔵の噂《うわさ》を耳にしている者はすくなからずいるはずである。

「ふたりの他に、小菊に客はいなかったのか」

唐十郎が訊いた。

「店にいたのは、あっしらだけでさァ」

年上の男が言った。

「客は、いないのか」

唐十郎は胸の内で、小菊の店内に入ってみようと思った。それとなく、店の者に関山のことを訊いてもいい。

「足をとめさせて、悪かったな」

唐十郎はふたりにそう言って、踵《きびす》を返した。

唐十郎は桑兵衛たちのそばに戻ると、小菊にふたりの男の他に客がいなかったことを話し、

「小菊で、一杯やりますか。……店の女将か小女にそれとなく訊けば、関山たちの居所が知れるかもしれません」

と、桑兵衛たちに目をやって言った。

「一杯、やりやしょう！」

弐平が声を上げた。

唐十郎たちは、小菊の格子戸を開けた。狭い土間があり、その先が小上がりになっていた。小上がりの先は座敷である。

まだ日没前ということもあって、他の客の姿はなかった。

唐十郎たちが土間に入ると、奥から小女が姿を見せ、

「いらっしゃい」

と声をかけ、足早に唐十郎たちのそばに来た。

「酒を頼む。肴《さかな》は、有り合わせの物でいい」

桑兵衛が小女に言い、小上がりの先の座敷に入った。小上がりには客が来るかもしれないので、女将から話が聞きづらいと思ったのだ。

唐十郎たちが座敷に腰を下ろしていっときすると、小女と年増《としま》が奥から出てきた。年増が、女将らしい。色白で、ほっそりした体軀《たいく》だった。なかなかの美人である。

ふたりは、銚子《ちょうし》と盆を手にしていた。盆には、肴の入った小鉢や猪口《ちょこ》などが載せてある。徳利《とっくり》は、小女が手にしていた。

ふたりは唐十郎たちの脇に座すと、

「いらっしゃいませ、女将のきくでございます」

女将が名乗った。店名の小菊は、女将の名からとったのかもしれない。

ふたりは膝先に銚子を置いた後、肴の入った小鉢や猪口などを手にして唐十郎たちの膝先に置いた。

唐十郎は、ふたりの女が酒と肴を並べているとき、

「女将、関山どのは、来てないようだな」

と、小声で訊いた。

女将は肴を並べる手をとめて唐十郎に顔を向け、

「関山さまを御存知でしたか」

と、言った。顔に、戸惑うような表情があった。見ず知らずの武士が、いきなり関山のことを口にしたからだろう。

「関山どのと、剣術道場で一緒だったことがあるのだ」

唐十郎が、咄嗟に頭に浮かんだことを口にした。

「そうでしたか。……関山さまは、ときどき店にいらっしゃいます。今度、御一緒してください」

女将が、笑みを浮かべて言った。唐十郎の言ったことを信じたらしい。

「関山どのは、三日に一度ぐらいは、この店に来るのか」

さらに、唐十郎が訊いた。

「い、いえ、それほどは……」

女将は戸惑うような顔をした後、「十日に一度ぐらいですよ」と、声をひそめて言った。

すると、女将の脇にいた小女が、

「関山さまは、ちかごろよくお見えになるんです」

と、口を挟んだ。

「そうか。おれも、時々来てみるか。関山どのと一緒に飲めるかもしれんな」

唐十郎が言った。

女将は「ゆっくりなさってください」と、その場にいた唐十郎たち四人に声をかけた。そして、腰を上げると、唐十郎たちのそばから離れた。

唐十郎は、女将と小女が奥に姿を消すと、猪口の酒を飲み干してから、

「この店に目を配っていれば、関山は討てそうだ」

と、声をひそめて言った。

それから、唐十郎たちは酔わない程度に飲んでから腰を上げた。そして、柳原通りに出ると、和泉橋の方に足をむけた。今日のところは、道場に帰るのである。

4

小菊で話を聞いた翌日、唐十郎、桑兵衛、弥次郎、弐平の四人は、昼近くなってから道場を出た。今日も、茶漬屋と小菊に行くのだ。権蔵や関山たちが来ていれば討つつもりだったが、そう都合よく、来ているとも思えない。それに、空は雲で覆《おお》われていた。雨が降るかもしれない。

唐十郎たちは神田川にかかる和泉橋を渡り、柳原通りを東にむかった。そして、通り沿いにあった一膳めし屋に立ち寄った。腹拵えをしてから、権蔵と関山が来ているか、小菊と茶漬屋を探るのだ。

唐十郎たちは一膳めし屋を出ると、昨日と同じ道筋をたどって、茶漬屋の近くまで来た。

「権蔵たちは、来ているかな」

唐十郎が言った。

「あっしが、見てきやす」

弐平がそう言って、茶漬屋に近付いた。

唐十郎たちは人目に触れないように、茶漬屋からすこし離れた場所にあった蕎麦屋の脇に身を隠した。

弐平は茶漬屋の表戸の前まで行くと、周囲に目をやって通行人がいないのを確かめてから、表戸に身を寄せた。

……いる！

弐平が、胸の内で叫んだ。

何人かの男の声がし、そのなかに、権蔵親分、と呼ぶ声が聞こえたのだ。

弐平は戸口に立ったまま聞き耳をたてた。店のなかには、四、五人の男がいるようだ。その男たちの話し声のなかで、川田《かわた》の旦那、と呼ぶ声が聞こえた。川田という武士が一緒にいるらしい。

弐平は、店のなかの男たちのやり取りを聞いていて、川田は権蔵が賭場に行き来するおり、用心棒として同行する武士だと知れた。

……権蔵は、ここにも用心棒を連れてきたらしい。

弐平が、胸の内でつぶやいた。

弐平は足音をたてないように茶漬屋の前を離れ、唐十郎たちのいる場にもどった。

「権蔵たちは、いたか」

すぐに、唐十郎が訊いた。

「いやした！」

弐平が、声高に言った。

「いたか！」

思わず、唐十郎が声を上げた。

弐平は昂奮《こうふん》しているらしく、口早に権蔵とともにいる男たちのことを話した。

「権蔵が賭場へ行くとき連れていた武士は、川田という名か。どうやら権蔵は、護衛のために用心棒を連れてきたようだ」

桑兵衛が言った。

「どうしやす。子分も加えると、四、五人いやすぜ」

弐平が、その場にいた男たちに目をやって訊いた。

「武士は、川田ひとりだな」

唐十郎が、念を押すように訊いた。

「二本差しは、ひとりでさァ」

弐平が言った。

「権蔵を討ちましょう。武士が川田ひとりなら、何とかなる」

唐十郎が言うと、その場にいた桑兵衛と弥次郎がうなずいた。

「店に踏み込みやすか」

弐平が身を乗り出して訊いた。

「いや、権蔵たちがいつ出てくるか分からんが、店から出て来るのを待とう。狭い店のなかで大勢で斬り合うと、何人もの犠牲者《ぎせいしや》が出る。それに、権蔵たちが酒に酔えば、まともに戦えないはずだ」

桑兵衛が言った。

唐十郎たち四人は、蕎麦屋の脇に身を隠した。

権蔵たちは、茶漬屋からなかなか出てこなかった。その場に身を隠して、一刻《いつとき》（二時間）近く経ったろうか。

「出てこねえなァ」

そう言って、弐平が両手を突き上げて伸びをした。

ふいに、弐平の動きがとまり、「出てきた！」と声を上げた。両手を突き上げたままである。

茶漬屋の表戸が開き、遊び人ふうの男がふたり、その後ろから権蔵と川田、さらに遊び人ふうの男がふたり戸口から出てきた。総勢、六人である。

女将らしい年増が、男たちの後から姿を見せ、戸口の前で足をとめた。その場で、権蔵たちを見送るらしい。

権蔵たちは、柳原通りの方に足をむけた。男たちは、何やら話しながら歩いていく。

桑兵衛は女将が店に入るのを見てから、

「おれと本間で、権蔵たちの前にまわり込む。唐十郎と弐平は、後ろから来てくれ」

そう言い、弥次郎とふたりで、先にその場を離れた。

桑兵衛と弥次郎は小走りに権蔵たちに近付き、背後に迫ると、道の端を走り抜けて先に出た。

権蔵たちは驚いたような顔をして足をとめ、道の端を走り抜けたふたりの武士に目をやった。

「狩谷だ！」

権蔵が声を上げた。

「斬れ！　相手はふたりだ」

川田が叫び、刀の柄《つか》に手を添えた。

そのとき、別の子分が、

「後ろからも、来やがった！」

と、叫んだ。背後から走り寄る唐十郎と弐平を目にしたようだ。

唐十郎は抜刀《ばっとう》し、権蔵に迫った。すると、川田が権蔵の前にまわり込み、

「こやつは、おれが斬る！　親分は、逃げてくれ」

と、声をかけた。

権蔵は、「川田、頼むぞ」と声をかけ、そばにいたふたりの遊び人ふうの男とともに、その場から逃げようとした。ふたりの男は、権蔵の子分であろう。

5

「逃がさぬ！」

桑兵衛が、権蔵の前に立ち塞《ふさ》がった。

すると、権蔵の近くにいた川田が、

「そこをどけ！」

と叫び、唐十郎から離れて、桑兵衛の前にまわり込んできた。そして、桑兵衛と対《たい》峙《じ》し、

「親分、逃げてくれ！」

と、権蔵に声をかけた。

権蔵は、川田の脇をすり抜けて逃げようとした。

「逃がさぬ！」

叫びざま、桑兵衛が素早く踏み込み、手にした刀を袈裟《けさ》に払った。一瞬の太刀《たち》捌《さば》きである。その切っ先が、逃げようとして背をむけた権蔵の肩から背にかけて、着物を斬り裂いた。

ギャッ、と叫び声を上げ、権蔵がよろめいた。着物が裂けてあらわになった権蔵の背に、赤い血の線が走り、筋を引いて流れ出た。

権蔵は足をとめると、そのまま逃げようとした。そして、柳原通りの方へ足をむけた。命にかかわるような傷ではないらしい。子分がふたり、権蔵の脇についている。

「待て！　権蔵」

桑兵衛が、権蔵を追おうとした。

「おぬしの相手は、おれだ！」

川田が、桑兵衛に斬り込んだ。

踏み込みざま袈裟へ——。

閃光《せんこう》がはしった瞬間、桑兵衛は右手に体《たい》を寄せた。素早い動きである。川田の切っ先は、桑兵衛の左肩をかすめて空《くう》を切った。

タアッ！

鋭い気合を発し、桑兵衛が手にした刀を横に払った。その切っ先が、川田の左の二の腕をとらえた。

バサッ、と川田の小袖の左袖が裂け、二の腕から血が噴き出した。川田は手にした刀を取り落とし、後ろに身を退いて逃げようとした。

「逃がさぬ！」

桑兵衛が一歩踏み込んで、刀を袈裟に払った。一瞬の太刀捌きである。

桑兵衛の切っ先が、川田の首をとらえ、血が勢いよく噴き出した。首の血管《ちくだ》を斬ったらしい。

川田は血を撒《ま》き散らしながらよろめき、足をとめると、腰から崩れるように転倒した。地面に俯《うつぶ》せに倒れた川田は、四肢《しし》を痙攣《けいれん》させていたが、首を擡《もた》げようともしなかった。いっときすると、ぐったりし、呻《うめ》き声も聞こえなくなった。絶命したらしい。

このとき、唐十郎は逃げる権蔵を追っていた。だが、唐十郎の足はすぐにとまった。

「親分、逃げてくれ！」

叫びざま、権蔵のそばにいた子分のひとりが、唐十郎の前に立ち塞がったのだ。

子分は、手にした匕首《あいくち》を前に突き出すように構えていた。その匕首が、ワナワナと震えている。昂奮と恐怖で、体に力が入り過ぎているのだ。

「そこをどけ！」

唐十郎が叫んだ。

その声で、唐十郎の前に立った子分が、

「殺してやる！」

と叫び、手にした匕首を前に突き出すように構えたまま、体ごとつっ込んできた。捨て身の攻撃である。

唐十郎は左手に身を退いて匕首をかわし、手にした刀を袈裟に払った。その切っ先が、つっ込んできた子分の首をとらえた。

子分の首筋から、血が激しく飛び散った。首の血管を斬ったらしい。子分は血を撒きながらよろめき、足をとめると、腰から崩れるように倒れた。

地面に俯せに倒れた子分は、悲鳴も呻き声も上げなかった。四肢を痙攣させていたが、いっときすると動かなくなった。死んだようだ。

このとき、権蔵は唐十郎たちから離れていた。よろめきながら、柳原通りの方にむかって逃げていく。そばに子分がひとり、ついているだけである。

逃げる権蔵を追おうとした唐十郎の足が、すぐにとまった。権蔵と子分の姿は、遠方にあった。柳原通りまで、すぐである。唐十郎がどんなに急いでも、柳原通りに入る前に追いつきそうもなかった。柳原通りに入られると、行き交う人の間に紛《まぎ》れ、追いついて討ち取るのは難しくなる。

唐十郎たちと権蔵たちとの戦いは終わった。その場から逃げたのは、権蔵と子分ひとりである。地面には、川田と権蔵の子分が三人横たわっていた。四人は血塗《ちまみ》れになって、死んでいる。

「権蔵は、逃がしたか」

唐十郎が、権蔵たちが逃げた道に目をむけて言った。

「死体をこのままにしておくと、通りの邪魔だな」

桑兵衛が言った。

その場にいた唐十郎たち四人は、地面に横たわっている川田や子分たちの死体を通り沿いの草叢《くさむら》に引き込んだ。身内が引き取りにこないで、そのまま死体が放置されるようであれば、近所の住人たちが片付けるだろう。

「どうしますか」

唐十郎が、その場にいた桑兵衛たちに目をやって訊いた。

「念のため、小菊を覗《のぞ》いてみるか」

桑兵衛が言った。小菊は、関山が贔屓にしている小料理屋である。

「そうしやしょう」

桑兵衛の脇にいた弐平が言った。

唐十郎たちは、小菊にむかった。小菊は茶漬屋の近くなので、すぐに店の前に着いた。唐十郎たちは路傍に足をとめ、小菊に目をやった。小菊の店先に暖簾《のれん》が出ていたが、店内はひっそりして、物音も話し声も聞こえない。

「客は、いないようだ」

桑兵衛が言った。

「あっしが、様子を見てきやす」

弐平がそう言って、小菊の入口の格子戸に近付いた。

弐平は格子戸に身を寄せて、聞き耳を立てているようだったが、いっときすると唐十郎たちのいる場にもどってきた。

「どうだ、店の様子は」

桑兵衛が訊いた。

「ひっそりしてやした。客はいねえようで」

弐平によると、店のなかで、障子《しょうじ》を開け閉めするような音と、水を使うような音がかすかに聞こえただけだという。

「関山たちは、来ていないようだ」

唐十郎が言った。

「ここにいても、仕方がない。今日のところは、道場へ帰るか」

桑兵衛が、男たちに目をやって言った。

6

「どうする」

桑兵衛が、その場にいた唐十郎、弥次郎、弐平の三人に目をやって訊いた。

唐十郎たち四人がいるのは、狩谷道場だった。茶漬屋から出てきた権蔵たちを襲い、川田という武士を斬った三日後である。

「権蔵も関山も、しばらく情婦《いろ》のいる小料理屋や茶漬屋には、近付くまいな」

桑兵衛が言った。

次に口を開く者がなく、道場内が重苦しい沈黙につつまれたとき、

「関山と森田は、何としても討たねばならない。殺された青山の無念を晴らしてやらねば、おれたちの顔もたたない」

唐十郎が、語気を強くして言った。

「やはり、権蔵の家を見張り、関山と森田が姿を見せるのを待って討つより、他に手はないな」

桑兵衛が言うと、その場にいた唐十郎たちがうなずいた。

「出掛けやすか、小柳町に」

弐平が言った。

「出掛けよう。小柳町一丁目にある権蔵の家を見張り、機会をみて、関山と森田を討たねばならない。むろん、権蔵も討つ」

桑兵衛が腰を上げた。その場にいた唐十郎たち三人も、立ち上がった。

唐十郎たち四人は、道場を出た。そして、御徒町通りを南にむかい、神田川にかか

る和泉橋を渡って柳原通りに入った。

柳原通りを西にむかっていっとき歩き、小柳町一丁目まで来た。さらに歩くと、前方に二階建ての大きな店が見えてきた。

その店は料理屋だったらしいが、今は権蔵の家になっている。むろん、子分たちも住んでいる。関山と森田も、同居しているとみていい。

「権蔵はいるかな」

唐十郎が言った。

「いるはずでさァ。権蔵は、貸元として賭場へ行きやすからね」

弐平が、その場にいた桑兵衛たち三人に目をやった。

「権蔵たちの様子が聞けるといいが……。子分たちに訊くわけにはいかない。おれたちが探っていることが、知れるからな」

そう言って、桑兵衛が唐十郎たちに目をやった。

「以前、賭場の近くで、権蔵たちが来るのを見張った場所はどうです。賭場に博奕《ばくち》を打ちにくる男に訊けば、権蔵たちの様子が知れるはずです」

唐十郎が言った。

「いまからでも、遅くない。まだ、賭場は開いていないはずだ。……賭場に来た男に訊けば、権蔵だけでなく、賭場の様子も知れるな」

桑兵衛は、その場にいた唐十郎たちに目をやって言った。

唐十郎たち四人は、賭場のある小柳町三丁目にむかった。何度か、賭場までの道筋で権蔵たちを見張ったことがあったので、身を隠す場所も知っている。

唐十郎たちが、見覚えのある道筋をいっとき歩くと、道沿いで枝葉を繁らせている椿の木が見えてきた。唐十郎たちは、その椿の陰に身をかくして、権蔵たちの一行を見張ったことがあったのだ。

「変わりないな」

桑兵衛がそう言って、椿の樹陰にまわった。

唐十郎、弥次郎、弐平の三人も、樹陰に身を隠し、賭場になっている仕舞屋《しもたや》に目をやった。

仕舞屋は、変わりなかった。戸口に、下足番らしい男の姿があった。今日も博奕がおこなわれるようだ。

唐十郎たちがその場に身を隠していっとき経つと、通りの先にひとり、ふたりと男たちの姿が見えた。職人ふうの男、遊び人、商家の旦那ふうの男などが歩いてくる。いずれも賭場に来た男たちらしい。

それから半刻（一時間）ほど経ったろうか。通りの先に目をやっていた弐平が、

「来やした！　権蔵たちが」

と、昂《たかぶ》った声で言った。

見ると、何人もの男たちが、仕舞屋の方に歩いてくる。男たちのなかに、見覚えのある権蔵の姿もあった。

「おい、大勢だぞ」

桑兵衛が言った。

遠方ではっきりしないが、以前見たときより人数が多いようだ。十人余りいるだろうか。以前は、関山と森田がくわわったときでも、七、八人だった。今日は、新たに子分がくわわったらしい。

「武士もいる！」

唐十郎は、一行のなかに武士がいるのを目にした。二、三人いるようだ。

「ど、どうしやす」

弐平が、声をつまらせて訊いた。

「駄目だ。武士が三人いる。下手に仕掛けると、返り討ちに遭うぞ」

桑兵衛が言った。

その場にいた唐十郎たちは、権蔵たちに手が出せず、樹陰に身を隠したまま近付いてくる一行を見つめている。

権蔵たち一行は、総勢十一人だった。三人の武士は、関山と森田、それに初めて顔を見る牢人体の男である。おそらく、牢人体の男は、新しく権蔵の用心棒としてくわわったのだろう。

唐十郎たち四人は樹陰に身を隠したまま、権蔵たちが通り過ぎるのを見ていた。黙って見ている他に、手がなかったのである。

権蔵たちの一行が遠ざかると、

「見てるしかねえのか」

弐平が、悔しそうな顔をして言った。

「権蔵たちが、賭場から帰るのを待とう。代貸や壺振《つぼふ》りなどは、賭場に残るはずだ。三人の武士のなかにも、博奕を打ちにきた者がいるかもしれん」

桑兵衛が、その場にいた唐十郎たちに話した。

「待ちやしょう」

弐平が身を乗り出して言った。

7

唐十郎たちは、樹陰に身を隠したまま動かなかった。

権蔵たち一行が通り過ぎた後も、ひとり、ふたりと賭場に向かう者がいたが、しばらくすると、通りを行き来する男の姿がなくなった。博奕が始まったのだろう。

それから、一刻（二時間）ほど経ったろうか。辺りはひっそりとして、賭場になっている仕舞屋から、男たちの声がときおり聞こえるだけである。

「そろそろ、権蔵たちが帰《けえ》ってきてもいいころだな」

弐平が、賭場のある方に目をやって言った。

そのとき、弐平と同じように通りの先に目をやっていた唐十郎が、

「誰かくる！」

と、身を乗り出して言った。

見ると、職人ふうの男がふたり、賭場のある方から歩いてくる。賭場に博奕を打ちにきた男らしい。

唐十郎はふたりの男が近付いてくると、

「おれが、賭場の様子を訊いてみる」

そう言って、樹陰から通りに出た。

桑兵衛、弥次郎、弐平の三人は、ふたりの男に気付かれないように樹陰に残って、唐十郎に目をやっている。

唐十郎はふたりの男に近寄り、

「賭場からの帰りか」

と、声をかけた。

ふたりの男は、戸惑うような顔をして唐十郎を見た。いきなり樹陰から姿をあらわした武士に声をかけられたからだろう。

「そうでさァ」

年配の男が、小声で言った。

「貸元の権蔵親分たちは、そろそろ出て来るかな。実は、おれの知り合いが、親分と一緒に賭場に入ったらしいのだ」

唐十郎が、もっともらしく言った。

「権蔵親分たちは、そろそろ賭場から出てきやす。博奕が始まって、だいぶ経ちやすからね。親分は後を代貸に任せて、賭場を出てくるはずでさァ」

年配の男が、賭場の方を振り返りながら言った。

「そうか。おれの知り合いも、親分と一緒に出てくるかな。……いや、手間をとらせて済まなかった。もうすこし、待ってみよう」

唐十郎はそう言って、ふたりの男から離れた。

ふたりの男は不審そうな顔をして唐十郎を見たが、何も言わずにその場を離れた。

そして、足早に通りを歩いていく。

唐十郎は樹陰にもどり、ふたりの男とのやりとりを簡単に話した後、

「権蔵たちが姿を見せるまで、待つしかない」

と、言い添えた。

それから唐十郎たちは、樹陰で半刻（一時間）ほど待った。権蔵たちは、まだ姿を見せない。

さらに小半刻（三十分）ほど経ったとき、通りの先に目をやっていた弐平が身を乗り出し、

「来やす、権蔵たちが！」

と言った。

見ると、通りの先に男たちの姿が見えた。まだ遠方で顔ははっきりしないが、権蔵

たちであることは知れた。

「武士もいるぞ」

桑兵衛が、身を乗り出して言った。

「人数も多い。賭場へ行くときと、変わらないようだ」

そう言って、弥次郎は通りの先を見据えている。

唐十郎の目にも、権蔵たちの一行の人数は変わらないように見えた。一行のなかに、武士がふたりいる。

一行が、しだいに近付いてきた。男たちの姿が、はっきり見えるようになった。

「関山と森田がいる！」

弐平が昂った声で言った。

一行のなかに、関山と森田がいる。人数は賭場へむかったときとほぼ同じだった。代貸や壺振りなどは賭場に残ったはずなので、賭場に早くから来ていた権蔵の子分が、新たに加わったのだろう。

権蔵たち一行は、さらに近付いてきた。賭場にむかったときと同じ、総勢十一人である。ただ、武士はふたりだった。関山と森田である。行くとき一緒だった牢人体の男は、そのまま賭場に残ったようだ。

権蔵たちがすぐ近くまで来たとき、焦った弐平が樹陰から出ようとした。

そばにいた唐十郎が、弐平の肩をつかみ、

「出るな！」

と、声を殺して言った。

敵は十一人。そのなかに、関山と森田もいる。ここで戦えば、討たれるのは唐十郎たちとみたのだ。

弐平は、身を乗り出したまま権蔵たちを睨《にら》んでいる。

桑兵衛と弥次郎も樹陰から動かず、遠ざかっていく権蔵たちの後ろ姿を見つめていた。そして、権蔵たちの姿が通りの先にちいさくなったとき、

「念のため、権蔵たちの跡をつけてみるか」

桑兵衛が、その場にいた唐十郎たちに言った。

「跡をつけましょう」

唐十郎が言った。この場に残っても、やることはなかった。せめて、権蔵たちの行き先をつきとめようと思ったのだ。

唐十郎たち四人は樹陰から出ると、遠方に小さく見える権蔵たちの後からついていった。気付かれないように、四人はばらばらになっている。

権蔵たちは小柳町一丁目にもどり、二階建ての家に入った。そこは、権蔵たちの隠れ家である。

唐十郎たちは、権蔵たちの住む家のある通りに出ると、半町ほど離れた路傍に足をとめた。

「どうしますか」

唐十郎が、桑兵衛たち三人に目をやって訊いた。

「子分たちの大勢いる家に踏み込むわけにはいかないし、家から出て来るのを待っても、いつになるか分からん。今日のところは、帰るしかないな」

桑兵衛が言った。

「出直しますか」

唐十郎も、帰るしかない、と思った。

唐十郎たち四人は、権蔵たちの住む家に背をむけて歩きだした。今日のところは、道場へ帰るのである。

8

唐十郎たちが、権蔵の家から一町ほど離れたときだった。権蔵の家から、遊び人ふうの男がふたり出てきた。

浅黒い顔をしたひとりが、通りに目をやり、

「おい、通りの先にいる男たちは、松永町にある道場の者ではないか」

と言った。

「そうらしい」

もうひとりの瘦身《そうしん》の男も、唐十郎たちを見つめている。

ふたりは、唐十郎たちを知っているらしい。関山たちと一緒にいるとき、唐十郎たちについて、話を聞いたのかもしれない。

「跡を尾けてみるか」

浅黒い顔の男が言った。

「尾けてみよう」

ふたりは、唐十郎たちの跡を尾け始めた。

尾行は楽だった。唐十郎たちは、話しながら歩いているせいか、後ろを振り返ってみなかったからだ。

唐十郎たちは柳原通りに出て東に足をむけ、神田川にかかる和泉橋を渡った。そして、御徒町通りに入った。その辺りは武家地だったので、行き交う人の姿が急に少なくなった。通りかかるのは、武士や武家屋敷に奉公する中間《ちゅうげん》などである。

桑兵衛が、唐十郎と弥次郎に身を寄せ、

「後ろからくるふたり、権蔵の家の近くから尾けてくるぞ」

と、小声で言った。

「気付いていました」

弥次郎が言うと、脇にいた唐十郎が頷《うなず》いた。どうやら唐十郎たちは、ふたりの尾行者に気付いていたようだ。

「権蔵の子分らしい。……ふたりを捕らえるぞ」

桑兵衛が唐十郎に、武家屋敷の塀《へい》の陰に身を隠し、ふたりの男をやりすごして、背後にまわるよう指示した。

「承知しました」

唐十郎はそのまま桑兵衛たちと歩き、道沿いにあった武家屋敷の脇道に入った。そこは、小身の旗本屋敷らしく、築地塀《ついじべい》でなく板塀で囲われていた。その板塀の陰に、唐十郎は身を隠したのだ。

唐十郎が桑兵衛たちと離れて間もなく、遊び人ふうの男が、通り沿いにある武家屋敷に身を隠すようにして通り過ぎた。桑兵衛たちの跡をつけているらしい。

唐十郎は板塀の陰から出て、御徒町通りにもどった。ふたりの男は、すこし前を歩いている。前方にいる桑兵衛たちに気をとられているらしく、背後にいる唐十郎には気付かないようだ。

そのとき、ふたりの男の前を歩いていた桑兵衛、弥次郎、弐平の三人が、足をとめて振り返った。

ふたりの男はその場に立ち竦み、反転した。逃げようとしたらしいが、その場から動けなかった。すぐ後ろに唐十郎が立っていたからだ。

「逃げろ！」

浅黒い顔の男が声を上げ、唐十郎の脇を通って逃げようとした。

「逃がさぬ！」

唐十郎は抜刀し、刀身を峰に返した。そして、唐十郎の脇をすり抜けた男の背後から、峰打ちをあびせた。一瞬の太刀捌きである。

唐十郎の峰打ちが、浅黒い顔の男の右の肩口をとらえた。

肩を打つ鈍《にぶ》い音がし、男は打たれた瞬間、喉のつまったような呻《うめ》き声を上げたが、そのまま唐十郎の脇を走り抜けた。打撲《だぼく》だけで済んだらしい。

浅黒い顔の男は、懸命《けんめい》に逃げた。

唐十郎は男の後を追ったが、逃げ足が速く、ふたりの間は広がるばかりだった。

「お、追いつけぬ」

唐十郎は足をとめ、肩で息した。

もうひとりの痩身の男は、桑兵衛と弥次郎に押さえられていた。桑兵衛が男の鼻先に切っ先を突き付け、弥次郎と弐平が男の両腕を後ろにとり、細引きで縛っていた。

細引きは、弐平が持っていたものだ。

桑兵衛は、弥次郎たちが痩身の男を縛り終えたのを見て、

「道場で、この男から話を聞いてみよう」

と言い、狩谷道場に足をむけた。

唐十郎たち三人は桑兵衛につづき、捕らえた男を連れて道場にむかった。

第五章　逆襲

1

唐十郎、桑兵衛、弥次郎、弐平の四人は、狩谷道場内にいた。四人の男の前に、縄をかけられた男が苦痛に顔をしかめて座っている。唐十郎たちが、小柳町一丁目に出掛けた帰りに捕らえた男である。

男の前に立った桑兵衛が、

「ここがどこか、分かるな」

と、小声で訊《き》いた。

男は無言でうなずいた。峰打ちを浴びた右肩が痛むらしく、男はときどき呻《うめ》き声を洩《も》らした。

「おまえの名は」

桑兵衛が、声をあらためて訊いた。

男は戸惑《とまど》うような顔をしていたが、

「安造《やすぞう》でさァ」

と、小声で名乗った。

「安造か。……権蔵の子分だな」

「そうでさァ」

安造は否定しなかった。否定しても、権蔵の子分であることはすぐに知れると思ったのだろう。

「子分のなかに、関山と森田という武士がいるな」

桑兵衛が、ふたりの名を出して訊いた。関山たちは子分でなく、客分のような立場かも知れないが、そう訊いたのだ。

「いやす」

安造は、否定しなかった。

「ちかごろ、関山たちは権蔵が貸元として賭場《とば》へ行くとき、用心棒としてついていくようだが、いつもそうなのか」

「用心のためでさァ。親分は、賭場への行き帰りに狙われるのを用心しているらしい」

そう言って、安造は桑兵衛たちに目をやった。仲間たちから、桑兵衛たちが権蔵を狙っていることを耳にしていたのだろう。

「おれたちの狙いは、権蔵ではないぞ」

桑兵衛が言うと、安造が顔をむけた。

「おれたちは、関山と森田を討《う》つために、権蔵一家も洗っていたのだ」

桑兵衛が言うと、そばにいた唐十郎たち三人がうなずいた。

「……」

安造は、戸惑うような顔をして桑兵衛を見た。

「安造、関山と森田だが、賭場へ行くおり、権蔵たちの一行と別になることはないのか」

桑兵衛は、関山と森田が権蔵たちと別になれば、ふたりを討ちやすいとみたのだ。

「ちかごろ、関山の旦那《だんな》と森田の旦那は、親分と一緒のことが多いが、別になるときもありやす」

「いつだ」

桑兵衛が、身を乗り出して訊いた。

「関山の旦那は、ひとりで新シ橋の近くにある小料理屋に行くことがありやす」

「小菊か」

桑兵衛が、小菊の名を口にした。

「そ、そうで……」

安造が驚いたような顔をした。まさか、桑兵衛たちが小菊のことまで知っているとは思わなかったのだろう。

「関山は、ちかごろ、小菊に行かなくなったのではないか」

桑兵衛が訊いた。

「そうでもねえ。……そう言えば、陽《ひ》が沈んでから出掛けるようだ」

「小菊に着くころは、夜か！」

桑兵衛の声が、大きくなった。

関山の魂胆《こんたん》が分かった。夜になってから行けば、桑兵衛たちには知れないし、その夜、小菊で過ごし、翌日、暗いうちに小菊を出れば、権蔵たちの賭場への行き帰りに供につくこともできる。

「関山は、よく小菊に行くのか」

桑兵衛が身を乗り出して訊いた。

「詳しいことは知らねえが、あまり頻繁《ひんぱん》には出掛けねえようだ。関山の旦那も、情婦《いろ》のところへ夜でかけて、朝暗い内に帰《けえ》るのは面倒なんでしょうよ」

そう言って、安造は薄笑いを浮かべたが、首を竦《すく》めて肩を落とした。捕らえられている己《おのれ》の身を思い出したのだろう。

「ところで森田だが、権蔵の住む家を離れて、ひとりになることはないのか」

桑兵衛は、矛先《ほこさき》を森田に変えた。

「ひとりになることも、ありやす」

「いつだ」

桑兵衛が、身を乗り出して訊いた。

「賭場に行ったときでさァ。森田の旦那は博奕《ばくち》好きでしてね。親分たちと一緒に出掛けるが、自分だけ賭場に残って博奕をつづけることがあるんでさァ。近頃は、旦那たちのことがあるんで、滅多《めった》にねえが……」

安造が、桑兵衛に目をやりながら言った。

「賭場の帰りに、ひとりになることがあるのか」

桑兵衛はそう呟《つぶや》いて、そばにいる唐十郎と弥次郎に目をやり、「何かあったら、訊いてくれ」と声をかけた。

唐十郎が膝《ひざ》を進めて、安造に身を寄せ、

「権蔵も、茶漬屋に行くことがあるのか」

と、念を押すように訊いた。

「ありやす。ちかごろは、関山の旦那と一緒のようでさァ。……ただ、親分は滅多に行かねえ」

　安造が言った。

「そうか。おれたちが命を狙っているあいだは、茶漬屋に行くのも控えるだろうな」

　唐十郎はそう言った後、「やはり、権蔵たちが賭場へ行ったとき、狙うしかないか」

と、つぶやいた。

「権蔵が賭場への行き帰りのときに、関山と森田がいないことがあるようだが、子分たちだけ連れて家に帰るのか」

　唐十郎が、声をあらためて訊いた。

「そんなことはねえ。用心深い親分は、賭場へ出入りしていた西村《にしむら》ってえ牢人《ろうにん》を連れて行き来するようになったんでさァ」

「西村な」

　唐十郎は、西村という男を知らなかった。

　そのときだった。道場の戸口で、何人もの足音が聞こえた。戸口に集まって来たらしい。男たちの話し声から、集まった者たちのなかに武士がいることが知れた。ただ、何者かはっきりしない。

「何人も、いるぞ!」

桑兵衛が身を乗り出して言った。

2

「あっしが、みてきやす」

そう言い残し、弐平がその場を離れた。

弐平は道場の戸を開け、土間に下りた。土間の先の板戸の向こうで、何人もの話し声と足音がした。その会話から、遊び人ふうの男が多いと知れた。ただ、武士らしい物言いも聞こえた。

弐平は、板戸の節穴《ふしあな》から外を覗《のぞ》いた。戸口近くに、大勢集まっている。遊び人ふうの男が多いが、武士の姿もあった。

……森田だ！

弐平は胸の内で叫んだ。

すぐに反転し、道場内に飛び込んだ。

「どうした！　弐平」

桑兵衛が、立ち上がりざま訊いた。その場にいた唐十郎と弥次郎も、脇に置いてあった刀を手にして立った。

「大勢、来てやす！」

弐平が、うわずった声で叫んだ。

「だれが、来ているのだ」

桑兵衛が、傍《かたわ》らに置いてあった大刀を手にした。

「森田がいやす。……他に武士がひとり、権蔵の子分たちが何人も！」

「森田も、いるのか」

唐十郎が、声高《こわだか》に言った。

安造は後ろ手に縛られたまま、身を乗り出すようにして戸口に目をやった。権蔵の子分たちが、自分を助けるために道場に乗り込んできたと思ったらしい。

そのとき、ドン、ドン、と道場の表戸を叩く音がした。そして、「戸が外れたぞ！」という声がした。

「道場に、踏み込んでくるぞ！」

桑兵衛が言った。

道場の外に出て、迎え撃つ間はなかった。桑兵衛は、刀の柄《つか》に手をそえた。道場内で、戦うしかないとみたのである。

そばにいた安造は、戸惑うような顔をしていたが、斬り合いに巻き込まれないように道場の隅に身を退《ひ》いた。

ドカドカ、と道場に踏み込んでくる足音がし、板戸が開いた。遊び人ふうの男たちが、何人も姿を見せた。武士がふたりいた。ひとりは森田、もうひとりは賭場近くで見掛けたことのある武士である。関山の姿はなかった。

……西村という武士か。

唐十郎が、胸の内でつぶやいた。ひとりは、安造が口にした西村ではないか、と思ったのだ。

「斬れ！　ひとりも逃がすな」

森田が叫んだ。

咄嗟《とっさ》に、唐十郎は森田に近付いた。森田を仕留めれば、子分たちは追い返せるとみたのである。

「森田、勝負！」

唐十郎が、森田の前に立って叫んだ。

「唐十郎か。今日こそ、うぬを斬る！」

森田は手にした刀を青眼《せいがん》に構えると、切っ先を唐十郎にむけた。腰の据《す》わった隙《すき》のない構えである。

唐十郎は、居合を遣《つか》うつもりだった。相手が遣い手の場合は、小宮山流居合の技で立ち合わねば、遅れをとる。

ふたりは、およそ二間ほどの間合をとって対峙《たいじ》した。真剣勝負の間合としては近いが、そこが道場内であり、しかも桑兵衛たちや踏み込んできた権蔵の子分たちが大勢いて、間合を広くとれないのだ。

唐十郎は左手で刀の鯉口《こいぐち》を切り、右手を柄に添えて腰を沈めた。居合の抜刀《ばっとう》体勢をとったのだ。唐十郎は、抜刀体勢のまま森田の動きを見つめている。

ふたりは、対峙したまま動かなかった。ふたりとも気勢が漲《みなぎ》り、いまにも斬り込んでいきそうな気配である。

そのとき、ギャッ！　という叫び声が聞こえた。だれか、斬られたらしい。その叫び声で、唐十郎と森田に斬撃の気がはしった。

イヤァ！

トオ！

ほぼ同時に、唐十郎と森田の気合が響いた。次の瞬間、ふたりの体が躍《おど》った。斬り込んだのである。

唐十郎が、抜刀しざま袈裟《けさ》へ——。

森田は、青眼から真っ向へ——。

袈裟と真っ向。二筋の閃光《せんこう》が、稲妻《いなずま》のようにはしった。

一瞬、唐十郎の居合の抜き打ちの方が疾《はや》かった。

唐十郎の切っ先は、森田の肩から胸にかけて小袖を斬り裂いた。一方、森田の切っ先は一瞬遅れて、唐十郎の肩先をかすめて空《くう》を斬った。

次の瞬間、ふたりは大きく背後に跳んで、間合をとった。そして、ふたりは手にした刀を構えあった。

唐十郎は、青眼に構えた。抜刀してしまったので、居合は遣えない。

森田も青眼である。森田の胸が露《あらわ》になり、血の色があった。唐十郎の居合で、斬られたのである。

「居合が、抜いたな」

森田は唐十郎が青眼に構えたのを見て言った。

「森田、刀を引け！　勝負あったぞ」

唐十郎は青眼に構えたまま、森田を見据《みす》えている。

森田の青眼に構えた刀の切っ先が、小刻みに震えていた。唐十郎に、肩から胸にかけて斬られたせいである。

「まだだ！」

森田が、昂《たかぶ》った声で言った。


このとき、桑兵衛は牢人体《ろうにんてい》の武士と対峙していた。武士の名は知らなかったが、顔を覚えていた。賭場近くで見掛けたことがある。

桑兵衛は、先程、安造が唐十郎に話していた西村という男ではないかと思った。

桑兵衛は居合の抜刀体勢をとったまま、

「おれの名は、狩谷桑兵衛。おぬしの名は」

と、武士に訊いた。

「西村恭之助《きょうのすけ》」

武士が名乗った。

……やはり、西村か。

桑兵衛が、胸の内でつぶやいた。

ふたりの間合は、およそ二間半。真剣勝負の間合としては狭い。

西村は青眼に構えて、切っ先を桑兵衛の目にむけている。

桑兵衛は居合の抜刀体勢をとり、西村は青眼に構えたまま動かなかった。ふたりとも、全身に斬撃の気配を見せ、気魄《きはく》で攻め合っている。

そのとき、ギャッ！　という悲鳴が、道場内に響いた。悲鳴の主は、縄をかけられた安造だった。斬られたらしいが、道場内には男たちが何人もいたので、誰に斬られたか分からない。

そのとき、西村の視線が、悲鳴のした方に流れた。この一瞬の隙を、桑兵衛がとらえた。一歩踏み込み、抜刀しざま袈裟へ――。

迅い！　一瞬、キラッと桑兵衛の刀身が光っただけで、刀身はむろんのこと太刀筋《たちすじ》も見えなかった。居合の抜刀の一撃である。

ザクリ、と西村の小袖が左肩から胸にかけて裂け、首根近くから血が噴いた。桑兵衛の切っ先が、とらえたのである。

西村は、血を撒《ま》きながらよろめいた。そして足をとめると、腰から崩れるように倒れた。悲鳴も呻き声も聞こえなかった。桑兵衛の一撃は、西村に致命傷を与えたのだ。

これを見た森田は、素早く身を引いて唐十郎との間合を広くとり、

「退け！　退け」

と、声を上げた。そして、森田は反転して、道場の戸口にむかった。唐十郎から逃げたのである。

道場内にいた子分たちも、森田が道場から逃げたのを見て、我先に道場から外に出た。このとき、道場の隅に潜《ひそ》んでいた弐平が、慌《あわ》てて逃げた森田たちを追った。

「追うな！　弐平」

桑兵衛が声をかけた。下手に追うと、返り討ちに遭《あ》う。

弐平は戸口近くまで行ったが、足をとめて桑兵衛のそばにもどってきた。

3

唐十郎たちと踏み込んできた森田たちとの戦いは終わった。唐十郎たちが、森田たちを撃退したと言ってもいい。

道場内には、三人の男が横たわっていた。捕らえてきた安造、西村恭之助、それに遊び人ふうの男である。

西村は絶命したようだが、遊び人ふうの男はまだ生きていた。呻き声を上げ、身を起こそうとしている。

唐十郎たち四人は、呻き声を上げている男のそばに集まった。そして、弐平が男の背後にまわって身を起こした。

「この男は、おれが斬った」

弥次郎が言った。

男は血塗《ちまみ》れになっていた。肩から胸にかけて、斬られている。弥次郎が、踏み込んできた男たちとの戦いのなかで斬ったらしい。

「おまえの名は」

桑兵衛が男に訊いた。

男は苦しそうに顔をしかめていたが、

「や、八助《やすけ》……」

と、声をつまらせて名乗った。

「おまえたちは安造を助けに来たのではなく、殺しに来たのか」

桑兵衛が、八助を見据えて訊いた。珍しく、桑兵衛の顔が憤怒《ふんぬ》で赭黒《あかぐろ》く染まっている。八助は戸惑うような顔をしたが、

「お、親分の指図でさァ。安造を生かしておくと、仲間たちのことを話すので、始末しろと……」

と、声をつまらせて言った。隠す気はないようだ。仲間たちが自分を見捨てて逃げたせいだろう。

「口封じか」

桑兵衛が呟くと、八助は首を竦《すく》めるようにうなずいた。

桑兵衛はいっとき間を置いてから、

「権蔵は、今でも貸元として賭場に出掛けているな」

と、念を押すように訊いた。

「へい」

八助がうなずいた。

「権蔵の供をする者だが、壺振《つぼふ》りや代貸の他にだれがいる」

桑兵衛が訊いた。

「親分の供をしていたのは、子分たちと西村の旦那。……それに、関山の旦那と森田の旦那も、一緒に行きやす」

「武士が三人も、供につくのか」

桑兵衛が訊いた。ただ、西村はこの場で殺したので、残るは関山と森田ということになる。

「関山の旦那と森田の旦那は、賭場に残るときがありやす」

八助が言った。

「ふたりだけ、賭場に残るのか」

桑兵衛が、腑《ふ》に落ちないような顔をした。

「ば、博奕でさァ」

八助が、声をつまらせて言った。

「博奕だと」

「そうでさァ。……関山の旦那も森田の旦那も博奕好きで、賭場に来たときは博奕にくわわりやす。……勝っているときは、賭場から離れづらいらしく、そのままつづけることがあるんでさァ」

「どちらかが勝っているときは、賭場に残るのだな」

桑兵衛が、念を押すように訊いた。

「い、いつも、ふたり残るわけじゃァねえ。……負けてる者は親分たちと一緒に帰《けえ》りやすが、勝ってる者は賭場に残ることがありやす」

八助が、声を震わせて言った。顔から血《ち》の気《け》が引いている。刀で斬られた出血のせいらしい。

「そうだろうな。賭場にいる男たちのてまえ、勝ったままふたり一緒に博奕をやめて賭場を出るわけにはいくまい。貸元の子分がふたり、大金を手にして博奕の途中で賭場を離れると、男たちに、何かいかさまでもやったと思われるからな」

　桑兵衛が言うと、八助がうなずいた。八助の息遣いが、荒くなってきた。顔を苦しそうにゆがめている。

「何かあったら、訊いてくれ」

　そう言って、桑兵衛は八助の前から身を退いた。

「権蔵は、いつも賭場に顔を出しているのか」

　唐十郎が訊いた。

「や、病《やまい》で、伏せっているときは、代貸にまかせて行かねえこともありやす」

　八助が、声をつまらせて言った。

「そうか」

　唐十郎が頷いた。今のところ、権蔵が家を離れられないような病にかかっている様子はない。

「住んでいる家から賭場への道筋は、これまでと変わらないな」

　唐十郎が、念を押すように訊いた。

「お、同じでさァ」

「帰りもか」

「そ、そうで……」

「分かった」

唐十郎が八助の前から身を退くと、

「あ、あっしを、帰《けえ》してくだせえ」

と、八助が声を震わせて言った。

「八助、おまえの家は、どこにある」

桑兵衛が訊いた。

「い、岩井町でさァ」

「岩井町まで、ひとりで帰れまい」

桑兵衛が言った。

「け、帰《けえ》りやす」

八助は立とうとしたが、腰を上げることもできなかった。

八助の顔から血の気が引き、体の顫《ふる》えが激しくなった。そして、グッという喉《のど》の詰まったような呻き声を洩らして、体を硬直させた。次の瞬間、八助の体から力が抜け、グッタリとなった。息がとまっている。

「死んだ」

弥次郎が、つぶやくような声で言った。

4

狩谷道場のなかに、男たちが座していた。唐十郎、桑兵衛、弥次郎、弐平の四人である。森田たちが、道場に踏み込んできた三日後だった。

「そろそろ、賭場へ様子を見に行くか。……機会があれば、権蔵を始末するつもりだ」

桑兵衛が言った。

まだ、陽は高かった。いまから行けば、賭場が始まるころ、目的地に着けるのではあるまいか。

「権蔵が賭場から帰るとき、用心棒としてついている森田か関山が、ひとり賭場に残っていれば、権蔵を討てます」

唐十郎が言った。

「権蔵だけでなく、森田か関山のどちらかを討てるかもしれない。八助の話では、博奕で勝っているときは、どちらかが賭場に残ると言っていたからな」

桑兵衛が、唐十郎たちに目をやって言った。

「行きやしょう」

弐平が、立ち上がった。

唐十郎たち四人は、狩谷道場を出た。行き先は、権蔵が貸元をしている賭場である。

唐十郎たちは道場を出ると、小柳町三丁目にむかった。

そして、三丁目に出ると、料理屋らしい店の脇の道に入った。その道の先に、賭場がある。唐十郎たちは、これまで何度か、賭場の近くの樹陰《こかげ》に身を隠して、賭場に行き来する権蔵たちを目にしていたので、道筋は分かっていた。

唐十郎たちは、前方に賭場になっている仕舞屋《しもたや》が見えてくると、路傍《ろぼう》で枝葉を繁《しげ》らせている椿《つばき》の樹陰に身を隠した。そこは、これまで身を隠して賭場を見張った場所である。

「賭場は、ひらいているようですぜ」

弐平が、仕舞屋に目をやって言った。

仕舞屋の戸口に、遊び人ふうの男がひとり立っていた。下足番である。権蔵の子分だろう。

「そろそろ、権蔵たちが姿を見せてもいいころだな」

唐十郎が、賭場につづく道に目をやりながら言った。

ひとり、ふたりと、職人ふうの男や遊び人、商家の旦那ふうの男などが、唐十郎たちの前の道を通り過ぎていく。賭場に博奕を打ちにきた男たちである。

男たちは、賭場になっている仕舞屋につづく小径《こみち》をたどって戸口まで来ると、下足番の男に案内されて仕舞屋に入っていく。

それから半刻（一時間）ほど経ち、小径に賭場に来たと思われる男の姿が見られなくなった。そろそろ博奕が始まるのかもしれない。

そのとき、通りの先に目をやっていた弐平が、

「来やした！　権蔵たちだ」

と、声高に言った。

見ると、権蔵たちの一行が通りの先に見えた。こちらに、歩いてくる。

「一緒にいる武士は、何人だ」

桑兵衛が、身を乗り出して訊いた。気になっていたのは、権蔵と一緒にいる用心棒

の武士である。

「二本差しは、ふたりだ！」

唐十郎が声高に言った。まだ遠方で、ふたりが何者か分からないが、武士体の男がふたりいる。

「関山と森田だ！」

弐平が言った。

「まちがいない。関山と森田のふたりだ」

唐十郎は、身を乗り出して権蔵たちの一行を見つめている。

「おい、子分たちの人数が多いぞ」

桑兵衛が言った。

一行は、十人ほどいる。

「権蔵は、西村が斬られたのを知って、新たに子分を加えたんですぜ」

弐平が言った。

「そうらしいな」

「人数が増えても、武士がふたりなら何とかなる」

唐十郎が言うと、その場にいた男たちがうなずいた。

権蔵たちは、しだいに近付いてきた。やはり総勢十一人だった。

権蔵たちの一行が近付いてくると、身を乗り出していた弐平が樹陰から飛び出そうとした。権蔵たちを目の当《ま》たりにして、気が急《せ》いたのだろう。

桑兵衛が弐平の肩先を摑《つか》んで、

「仕掛けるのは、帰りだ」

と、声を潜めて言った。

「分かりやした」

弐平が首をすくめた。

権蔵たちの一行は唐十郎たちに気付かず、椿の木の前を通り過ぎていく。

桑兵衛は、権蔵たちの姿が遠ざかると、

「帰りは、人数が少なくなるはずだ。それに、関山と森田のどちらかが、賭場に残るかもしれない」

弐平だけでなく、その場にいる唐十郎と弥次郎にも聞こえる声で言った。

権蔵たちの一行は、賭場につづく小径をたどり、仕舞屋の前まで来た。そして、下足番の子分に迎えられ、仕舞屋に入った。

「そろそろ、賭場が始まるな」

桑兵衛が言った。

賭場につづく小径に、男の姿が見られなくなった。辺りはひっそりとし、風にそよぐ椿の枝葉の音が、妙にはっきりと聞こえてくる。

「権蔵たちが、出て来るのを待つしかない」

桑兵衛が、その場にいた唐十郎たちに目をやって言った。

「権蔵と一緒にいた男たちのなかで、代貸や壺振りの他に、賭場に残る者がいるかな」

唐十郎がつぶやいた。

「帰りも同じ顔触れだったら、出直せばいいのだ」

桑兵衛は、仕舞屋を睨《にら》むように見つめている。

5

唐十郎たちは、椿の樹陰に身を隠していた。権蔵たちが賭場に入って、一刻（二時間）ほど経ったろうか。権蔵たちは、なかなか姿を見せなかった。

賭場につづく道に、人の姿はなかった。賭場が始まって、だいぶ経つ。これから賭場に向かう者は、いなくなったようだ。

「来ねえなァ」

弐平が、生欠伸《なまあくび》を嚙《か》み殺して言った。

「賭場の様子が、分かるといいのだが」

桑兵衛は、仕舞屋を見据えている。

「あっしが近くまで行って、様子を見てきやしょうか」

弐平がその場から通りに出ようとした。

そのとき、桑兵衛が、

「待て！　誰か出てきた」

と言って、弐平の肩を摑んだ。

見ると、仕舞屋の戸口から職人ふうの男がひとり出てきた。賭場に博奕を打ちにきた男らしい。肩を落とし、賭場の前の小径を歩いてくる。

「あの男、博奕に負けて、金がなくなったようだ」

桑兵衛が言った。

男は通りに出ると、唐十郎たちが身を隠している方に歩いてくる。

「あっしが、あの男に訊いてみやす」

弐平が言った。

「訊くなら、賭場を離れてからがいいな。権蔵の子分の目にとまると、おれたちのことが知れる」

桑兵衛が、男に目をやりながら言った。

「そうしやす」

弐平は樹陰で男を見つめている。

男は、唐十郎たちが身を隠している椿の前を通り過ぎた。

弐平は男がすこし離れてから、音のしないように樹陰から出た。そして、足早に男の後を追った。

弐平は男の背後に近付くと、何やら声をかけた。そして、ふたりで話しながら歩いていく。

それから、弐平は男と肩を並べて一町ほど歩いたところで足をとめた。そして、唐十郎たちのいる樹陰に、小走りにもどってきた。

弐平は樹陰に入ると、ハア、ハア、と荒い息を吐いていたが、

「お、男が、賭場にいる権蔵はいっとき前に挨拶《あいさつ》したので、そろそろ出てくるころだと言ってやした」

と、声をつまらせて言った。走ったせいで、息が切れたらしい。

「権蔵の帰りだが、一緒にいる子分たちはどれほどか、分かるか」

桑兵衛が訊いた。

「分からねえ。あっしも、男に訊いたんですがね。親分の帰《けえ》りのことまでは、分からねえ、と言ってやした」

「そうか。……いずれにしろ、権蔵たちが出てくるまで待つしかないな」

桑兵衛が言った。

唐十郎たちは、樹陰に身を隠したまま仕舞屋に目をやっていた。それから、半刻（一時間）ほど経ったろうか。

「出てきやした！」

弐平が身を乗り出して言った。

見ると、仕舞屋の戸口から何人もの男たちが出てきた。いずれも、遊び人ふうの男である。権蔵の子分たちらしい。

「権蔵が、出てきた！」

弐平が昂《たかぶ》った声で言った。

子分たちにつづいて、仕舞屋の戸口から権蔵が姿を見せた。下足番の男が、権蔵に何やら声をかけている。

権蔵の後から、さらに子分たちが出てきた。十人ほどになろうか。

「おい、関山と森田の姿がないぞ」

桑兵衛が、身を乗り出して言った。子分たちのなかに、関山と森田の姿がなかった。

「ふたりは、博奕をつづけているのかも知れねえ」

弐平が言った。

戸口から出て来たのは、権蔵と子分と思われる遊び人ふうの男だけである。

「出てきた！」

弐平が言った。

権蔵の子分たちの後から、武士体の男がひとり出てきた。

「森田だ！」

唐十郎が、身を乗り出して言った。

森田は仕舞屋から出て来ると、権蔵に近付いた。権蔵の護衛として、従うつもりなのだろう。一緒に賭場に入った関山の姿はない。関山は、賭場に残ったらしい。博奕をつづけているのだろう。

権蔵たちは、仕舞屋の戸口近くに集まっていた。権蔵が、子分たちに何やら声をかけたらしい。

「関山はいねえが、大勢ですぜ！」

弐平が、身を乗り出して言った。

総勢十人ほどだった。来たときと、人数は変わらない。来たときは、賭場に残る代貸や壺振りなどもいたはずなので、賭場にいた権蔵の子分が新たに加わったとみなければならない。

権蔵が戸口にいた下足番の男に何やら声をかけ、仕舞屋から離れた。森田をはじめ、子分たちが後につづいた。

「来るぞ！」

桑兵衛が言った。

見ると、権蔵たち一行は、唐十郎たちが身を隠している方に歩いてくる。

6

桑兵衛が椿の樹陰から権蔵たちの一行を見つめ、

「ここで、権蔵たちを討つ！」

と、小声だが、強い響きのある声で言った。

「おれが、森田を斬る！」

唐十郎が、語気を強くして言った。唐十郎の双眸《そうぼう》が、燃えるように光っている。

唐十郎は胸の内で、殺された青山の敵《かたき》を討つ！　と叫んだ。この日のために、唐十郎たちは多くの敵と戦ってきた、と言っても過言ではない。青山を斬殺したひとり、森田を討つ機会がきたのだ。

「唐十郎、頼むぞ」

桑兵衛が言うと、そばにいた弥次郎と弐平が、唐十郎を見つめてうなずいた。弥次郎や弐平の胸の内にも、森田を斬って青山の敵を討ってやりたい、という強い気持ちがあったのだ。

権蔵たちの一行が、しだいに唐十郎たちに近付いてきた。樹陰にいる唐十郎たちには気付いていないらしく、何やら話しながら歩いてくる。

権蔵たちが、唐十郎たちが身を潜めている樹陰の近くまで来たとき、唐十郎、桑兵衛、弥次郎、弐平の四人が、一斉に飛び出した。

唐十郎と弥次郎が権蔵たちの一行の前に、桑兵衛と弐平が背後に――。四人は、相手が大勢の場合、前後から攻撃するように話してあったのだ。

権蔵たちは、ふいに樹陰から飛び出した男たちを見て、ギョッとしたように、その場に立ち竦んだ。

権蔵の脇にいた森田が、

「怯《ひる》むな！　敵は、狩谷たちだ」

と、子分たちにむかって叫んだ。

すると、子分たちは権蔵の前後にまわり、手に手に匕首《あいくち》や長脇差《ながどす》などを持って、唐十郎や桑兵衛たちと対峙した。

唐十郎の前には、森田が立った。

「狩谷唐十郎か。……俺たちを尾《つ》けまわしおって、煩《うるさ》いやつらだ」

そう言って、森田は青眼に構え、唐十郎に刀の切っ先をむけた。隙《すき》のない構えである。ふたりの間合は、およそ二間。真剣勝負としてはすこし近い。

「森田、今日こそ、おぬしを討つ！」

唐十郎が声高に言い、居合の抜刀体勢をとった。

これを見た森田は、「居合か」とつぶやき、一歩身を退いた。ふたりの間合を、すこし広げたのである。

唐十郎は居合の抜刀体勢をとり、対する森田は青眼に構えていた。ふたりは全身に気勢を張らせ、斬撃の気配を見せて気魄で攻めていた。気攻めである。

ふたりは気魄で攻め合い、対峙したまま動かなかった。

どれほどの時間が経過したのか、唐十郎と森田は気魄で攻め合っていたため、時間の経過の意識がなかった。

その時、ギャッ！　という悲鳴が響いた。桑兵衛が、長脇差で斬り込んできた子分のひとりを斬ったのだ。

その悲鳴で、唐十郎と森田の全身に斬撃の気がはしった。

イヤアッ！

森田が裂帛《れっぱく》の気合を発して、斬り込んできた。

青眼から袈裟へ――。

刹那《せつな》、唐十郎は一歩右手に踏み込みざま、居合で抜刀した。

シャッ、という抜刀の音がした次の瞬間、閃光《せんこう》が袈裟にはしった。迅《はや》い。電光のような居合の一刀である。

森田の切っ先は、唐十郎の左の肩先をかすめて空を切り、唐十郎の切っ先は、森田の肩から胸にかけてを斬り裂いた。

次の瞬間、唐十郎と森田は、大きく後ろに跳んで間合をとった。

唐十郎は納刀《のうとう》する間がなかったので、刀身を引いて脇構えの体勢をとった。対する森田は、青眼である。

唐十郎は刀を抜いたので、居合は遣《つか》えない。脇構えから、居合の抜刀の呼吸で斬り込むつもりだった。

森田は青眼に構えたが、切っ先が小刻みに震えていた。肩から胸にかけて小袖が斬り裂かれ、あらわになった肌が血に染まっている。唐十郎の切っ先が、森田の肌まで斬り裂いたのだ。

「い、居合が、抜いたな」

森田が、声をつまらせて言った。構えに隙がある。肩から胸にかけて斬られ、両腕が自在に動かないのかもしれない。それに、体に力が入り過ぎているようだ。

「森田、勝負あったぞ。刀を引け！」

唐十郎が声をかけた。

「まだだ！」

叫びざま、森田が斬り込んできた。

踏み込みざま、青眼から真っ向へ——。

だが、森田の斬撃には、迅さも鋭さもなかった。唐十郎に斬られたことで、体に力が入り過ぎ、動きが鈍《にぶ》くなっているのだ。

唐十郎は右手に体を寄せざま、居合の抜刀の呼吸で、脇構えから逆袈裟に斬り上げた。次の瞬間、森田の刀は空を切り、唐十郎の切っ先は、森田の脇腹から胸にかけて斬り裂いた。

グワッ、という呻き声を上げ、森田は手にした刀を取り落とし、前によろめいた。そして、足をとめると、その場に倒れ、地面に俯《うつぶ》せになった。

森田は俯せのまま、苦しげな呻き声を上げていたが、いっときすると聞こえなくなった。体が小刻みに顫えているだけで、頭を擡《もた》げることもできない。

唐十郎は、血刀を引っ提《さ》げたまま地面に横たわっている森田に近付いた。

森田の胸の辺りから流れ出た血が、赤い布を広げるように地面を染めていく。森田は頭を擡げようとしてもがいていたが、いっときすると動かなくなった。呻き声も息の音も聞こえない。

「死んだ」

唐十郎は呟いた後、権蔵に目をやった。

権蔵は、桑兵衛と対峙していた。対峙していたというより、桑兵衛に追い詰められていたといっていい。

権蔵は肩から胸にかけて着物が斬り裂かれ、血で赤く染まっていた。桑兵衛に斬られたらしい。

そのとき、権蔵の脇にいた子分らしい男が、

「親分、逃げてくれ！」

と、叫びざま、桑兵衛の脇から斬り込んだ。

咄嗟に、桑兵衛は身を退いて子分の長脇差をかわすと、刀身を横に払った。一瞬の斬撃である。

桑兵衛の切っ先が、子分の脇腹を横に斬り裂いた。

子分は呻き声を上げ、手にした長脇差を取り落とした。そして、斬られた横腹を両手で押さえてうずくまった。

これを見た権蔵は、慌てて桑兵衛から逃げようとした。

「逃がさぬ！」

桑兵衛はすばやく踏み込み、権蔵の背後から袈裟に斬り込んだ。一瞬の太刀《たち》捌《さば》きである。桑兵衛の切っ先が、権蔵の首から背にかけて斬り裂いた。

ギャッ！　と悲鳴を上げ、権蔵は首から血を噴出させながらよろめいた。出血が激

しい。桑兵衛の切っ先が、権蔵の首の血管《ちくだ》を斬ったらしい。

権蔵は前によろめき、足をとめると腰から崩れるように転倒した。

地面に腹這《はらば》いになった権蔵は首を擡げ、四肢《しし》を動かしていたが、いっときすると、動かなくなった。呻き声も聞こえない。死んだようだ。首から流れ出た血が、権蔵の体を赤い布で包むように広がっていく。

唐十郎たちと権蔵たちとの戦いは終わった。

頭目の権蔵と森田を討つことができた。森田は、狩谷道場の門下だった青山を斬った男である。また、権蔵の供をしていた子分たちの数人を斬り、その場から逃げたのは、ふたりしかいなかった。そのふたりも手傷を負っていたので、唐十郎たちに歯向かうことはできないだろう。

7

「森田と権蔵を討ったな」

桑兵衛が、ほっとした顔をして言った。

そばにいた唐十郎、弥次郎、弐平の顔にも、仇敵《きゅうてき》のひとりを斬った安堵《あんど》の色があ

ったが、

「まだ、関山が残っている」

と、唐十郎が顔を引き締めて言った。

「関山は、賭場にいるはずだ。博奕が終われば、出てくる」

そう言って、桑兵衛が男たちに目をやった。

「賭場が終わるのを待ちやすか」

弐平が訊いた。

「待とう。今日を逃すと、関山は権蔵や森田たちが賭場の帰りに、おれたちに殺されたことを知り、賭場に寄り付かなくなるはずだ」

桑兵衛が言った。

唐十郎たち四人は、これまでと同じように椿の樹陰で関山が来るのを待つことにした。それから、一刻（二時間）ほど過ぎたろうか。陽は沈み、辺りは夕闇につつまれてきた。

仕舞屋から、ひとり、ふたりと職人ふうの男や遊び人などが出てきた。まだ賭場は開いているはずなので、博奕に負けて懐《ふところ》の金がつづかなくなった男たちであろう。

そのとき、通りの先に目をやっていた弐平が、ひとりで歩いてくる遊び人ふうの男

を指差し、

「あっしが、あの男に関山のことを訊いてきやす」

そう言い残し、樹陰から通りに出た。

弐平は、小走りに遊び人ふうの男に近付いた。

遊び人ふうの男は、弐平が近付くと戸惑うような顔をして足をとめ、

「俺に、何か用かい」

と、小声で訊いた。

「ちょいと、兄いに訊きてえことがありやしてね」

弐平が、愛想笑《あいそわら》いを浮かべて言った。

「何だい」

「兄いの足を、とめさせる訳にはいかねえ。歩きながら、話しやしょう」

そう言って、弐平は男の脇にまわって一緒に歩きだした。

「何が、訊きてえんだい」

歩きながら、男が訊いた。

「賭場に、あっしの知り合いの二本差しがいるはずなんだが、見掛けやしたか」

「二本差しは、賭場に何人かいたぞ。二本差しと言われたって、おめえの知り合いかどうか分からねえよ」

男が、苦笑いを浮かべて言った。

「名は関山でさァ」

弐平は、関山の名を出した。

「ああ、関山の旦那か。関山の旦那なら、知ってるよ。賭場に、よく来るからな。……そう言えば、関山の旦那は、すこし前《めえ》に帰《けえ》ったぞ」

男が言った。

「賭場から、帰ったのかい！」

弐平の声が、大きくなった。

「帰った。俺が賭場を出るすこし前に、出たはずだ」

「関山の旦那は、ここを通らなかったぞ」

「別の道から、帰ったんじゃァねえのかい。ちかごろ、関山の旦那が、別の道を帰るのを見たことがあるぞ」

「別の道って、どこだい」

弐平が身を乗り出して訊いた。

「賭場からこの道に出て、反対方向にすこし歩くと、八百屋があるのよ。その店の脇の道に入ると、遠回りになるが、表通りに出られるのだ」

「何だと！」

弐平の声が、急に大きくなった。

「おい、でけえ声を出すな。驚くじゃァねえか。……おれは、関山の旦那が別の道で帰ったかどうか知らねえよ。ただ、別の道もあると、おめえに教えただけだ」

男はそう言うと、足早に弐平から離れていった。

弐平も小走りに、唐十郎たちのいる椿の樹陰にもどった。

「弐平、関山のことで、何か知れたか」

すぐに、桑兵衛が訊いた。

「知れやした」

弐平はそう言うと、賭場から出てきた男から聞いたことを一通り話した。

「ここで待っていても、関山は来ないのか」

唐十郎が、肩を落として言った。

「関山は、別の道を帰ったのだな」

桑兵衛が、念を押すように訊いた。

「そうでさァ」

弐平が、うなずいた。

「念のため、関山が通った道で聞き込んでみるか。関山の姿を見掛けた者がいるかもしれん。関山の行き先が分かれば、討つこともできる」

桑兵衛が言った。

「行ってみましょう」

唐十郎が言い、関山が通った別の道で聞き込んでみることになった。

賭場の前の道には、行き来する人影があった。賭場から出てきた職人ふうの男や遊び人などの姿が目についた。

唐十郎たちは、賭場の前を通り過ぎた。さらに歩くと、道沿いに八百屋が見えてきた。

「あの八百屋の脇の道ですぜ」

弐平が指差した。

唐十郎たちは、八百屋の脇の道に入った。そこは細い道で、行き交う人の姿はすくなかった。道沿いには八百屋、下駄屋、古着屋など、暮らしに必要な物を売る店がまばらに並んでいた。

唐十郎たちは小径をいっとき歩いたが、関山らしい男の姿は見掛けなかった。すでに、関山は通り過ぎたのだろう。

「念のため、この辺りで聞き込んでみるか」

桑兵衛が言い、近所で聞き込んでみることになった。

唐十郎たちは、半刻(一時間)ほどしたら戻ることにし、その場で別れた。

ひとりになった唐十郎は、小径をしばらく歩き、古着屋の前で店の親爺《おやじ》と初老の男が話しているのを目にして近付いた。ふたりに、関山のことを訊いてみようと思ったのだ。

「ちと、訊きたいことがある」

唐十郎が、ふたりに声をかけた。

ふたりの男は、驚いたような顔をして唐十郎を見た。いきなり見知らぬ武士に声をかけられたからだろう。

「まだ半刻も経ってないはずだが、この道を歩いている武士を見掛けなかったか。近くにある道場から来た者だ」

唐十郎が、ふたりに目をやって訊いた。

「見掛けねえなァ」

店の親爺が言うと、

「あっしも、見てねえ。……家からここに来たばかりだからな」

初老の男が、首を捻《ひね》りながら言った。

「手間をとらせたな」

唐十郎はそう言い、店先から離れた。

それから、通りかかった者や店先にいた客などに訊いたが、関山らしい武士を見掛けた者はいなかった。

唐十郎が桑兵衛たちと別れた場にもどると、弥次郎の姿はあったが、桑兵衛と弐平はいなかった。

それからいっときすると、桑兵衛と弐平が慌てた様子でもどってきた。

「何か知れたか」

桑兵衛が訊いた。

「おれは、何もつかめませんでした」

唐十郎が言った。

すると、弥次郎も、

「関山らしい武士の姿を目にした者が、どこにもいないのです」

と、がっかりしたような顔をして言った。

唐十郎と弥次郎が話し終えると、桑兵衛が弐平に目をやり、

「弐平から、話してくれ」

と、声をかけた。

「あっしは、途中で顔を合わせた桑兵衛の旦那と一緒に、道場のだいぶ先までいって訊いてみたんでさァ」

弐平はそう前置きし、

「関山らしい男が、足早に通り過ぎていくのを見掛けた者がいやした。……ただ、関山がどこへ向かったか、分からねえんでさァ」

と、肩を落として言った。

つづいて、弐平の脇にいた桑兵衛が、

「いずれにしろ、関山の行方《ゆくえ》をつきとめねばならんな」

と、その場にいた唐十郎たちに目をやって言った。

唐十郎たち三人は、顔を引き締めてうなずいた。

第六章　仇討《あだうち》

1

狩谷道場に、三人の男がいた。唐十郎、桑兵衛、弥次郎である。唐十郎たちが、賭《と》場《ば》からの帰りに森田と権蔵を討《う》った二日後だった。

唐十郎たち三人は道場内で木刀の素振りをした後、師範座所の前に来て腰を下ろしたのだ。

「まだ、関山が残っている」

桑兵衛が、虚空《こくう》を睨《にら》むように見据《みす》えて言った。

すると、唐十郎が、

「何としても関山を討たねば、殺された門弟の青山は、浮かばれぬ」

と、いつになく険《けわ》しい顔で言った。

「まず、関山の居所をつきとめねばならんが……」

そう言って、桑兵衛は唐十郎と弥次郎に顔をむけ、

「小柳町一丁目にある権蔵の家に行ってみるか。権蔵は仕留めたが、子分たちは残っているはずだ。賭場から逃げた関山も、権蔵の家に身を隠しているかもしれん」

と、語気を強くして言った。

「これから、行きますか」

弥次郎が訊《き》いた。

「行こう。ここにいても、やることはないからな」

桑兵衛が立ち上がった。

そのとき、道場の表戸の開く音がした。つづいて、土間から板間に上がる足音がし、板戸が開いた。

姿を見せたのは、弐平だった。

弐平は唐十郎たちを見て、小走りに近寄り、

「お出掛けですかい」

と、桑兵衛に訊いた。

「これから、小柳町に行くつもりだ」

桑兵衛が言った。刀を腰に差すつもりで、鞘《さや》ごと手にしている。

「あっしも、お供しやす。……旦那《だんな》たちが関山の居所を探りに出掛けるとみて、道場に来てみたんでさァ」

弐平が、身を乗り出して言った。

「弐平の読みどおりだ。関山の居所を突き止めるために、これから権蔵の家まで行くつもりだ」

桑兵衛が言い、刀を腰に差してから道場の戸口に足をむけた。

桑兵衛につづいて唐十郎と弥次郎、それに弐平も道場を出た。

唐十郎たちは、御徒町通りから神田川にかかる和泉橋を渡った。そして、柳原通りを西にむかい、しばらく歩いてから脇道に入って小柳町一丁目に出た。

一丁目に入り、通りが交差しているところまで来て、左手の道に足をむけた。いっとき歩くと、前方に二階建ての大きな店が見えてきた。その店は料理屋だったらしいが、今は権蔵や子分たちの住まいになっている。

唐十郎たちは、権蔵の住んでいた家の近くまで来て足をとめた。

「誰か、いるかな」

桑兵衛が、権蔵の家に目をやって言った。権蔵と森田は討ち取ったが、まだ子分たちがいるかもしれない。

「あっしが、見てきやす」

弐平がそう言って、権蔵の家の戸口に足をむけた。

桑兵衛たちは、すこし離れた場所から弐平を見つめていた。

弐平は権蔵の家の戸口近くまで行くと、路傍《ろぼう》に足をとめた。そこで、家の様子を窺《うかが》っているらしい。

弐平が戸口近くに立って間もなく、家の戸口から男がひとり出てきた。遊び人ふうの若い男である。権蔵が亡くなった後も、家に残っていたらしい。

弐平は、男に近付いて声をかけた。そして、ふたりは肩を並べて歩きだした。男は、弐平が権蔵を討ったひとりであることを知らないらしい。

ふたりは、何やら話しながら通りを歩いていた。

そして、家から一町ほど離れたとき、弐平だけが足をとめた。遊び人ふうの男は、そのまま通りを歩いていく。

弐平は、遊び人ふうの男が遠ざかると踵《きびす》を返し、小走りに桑兵衛たちのいる場にもどってきた。

「関山のことが、知れたか」

すぐに、桑兵衛が訊いた。

「知れやした」

「話してくれ」

「関山は、権蔵が死んでから、あの家にもどってきたそうでさァ」

「今も、あの家にいるのか」

桑兵衛が、身を乗り出して訊いた。

「今は、いねえ」

弐平が素っ気《そっけ》なく言った。

「何処《どこ》にいるのだ」

「あっしが話を聞いた男は、新シ橋の近くにある小料理屋に関山はいるらしい、と言ってやしたぜ」

「小菊か！」

思わず、桑兵衛が声を上げた。

桑兵衛たちは、新シ橋の近くにある小料理屋の小菊に、関山が贔屓《ひいき》にしている女将《おかみ》がいることを知っていた。

「関山は、小菊に身を隠しているようですね」

唐十郎が、身を乗り出して言った。

「そうか。関山は、おれたちの手から逃れるために権蔵の家から離れ、小菊に身を隠したのか」

桑兵衛が言った。

そばにいた唐十郎と弥次郎も、納得したような顔をしてうなずいた。

「どうしやす」

弐平が、その場にいた唐十郎たち三人に目をやって訊いた。

「ともかく、小菊に行ってみよう。関山がいれば、その場で討ち取ってもいい」

桑兵衛が言うと、

「行きやしょう！」

弐平が声を上げた。

唐十郎たち四人は来た道を引き返し、柳原通りに出ると、東に足をむけた。しばらく歩くと、神田川にかかる新シ橋が見えてきた。さらに歩き、橋のたもとを過ぎると、道沿いに見覚えのある一膳めし屋が見えてきた。

その一膳めし屋の脇にある道に入った先に、関山が贔屓にしている小料理屋の小菊があるはずだ。

2

唐十郎たちは、一膳めし屋の脇にある道に入った。

「小菊に、関山はいるかな」

歩きながら、桑兵衛が言った。

「いるはずでさァ。今の関山には、贔屓にしている女将がいる小菊しか居場所がねえ」

弐平が、歩きながらつぶやいた。

「今の関山には、小菊が残された住《す》み処《か》だな」

唐十郎も、関山は小菊にいるとみた。

そんなやり取りをして歩いているうちに、蕎麦《そば》屋と酒屋の近くまで来た。その二店の並びに、茶漬屋がある。親分の権蔵の情婦《いろ》がやっている店である。

「茶漬屋から、男の声が聞こえやす」

弐平が言った。

「客だろう。権蔵は亡くなっても、女将は店をひらいているようだ」

唐十郎たちは、茶漬屋の前に足をとめなかった。権蔵が死んだ今、茶漬屋とは何のかかわりもない。

「小菊に、行くぞ」

桑兵衛が男たちに言った。

小菊は茶漬屋の近くなので、すぐである。唐十郎たちは小菊のそばまで来ると、路傍に足をとめた。

小菊の入口に、暖簾《のれん》が出ていた。店は開いているらしい。

「客がいるようですぜ」

弐平が小声で言った。

小菊の店内から、男と女の声が聞こえた。男はふたりいるようだ。ふたりの物言いから、酔っているらしいことが知れた。

「関山は来ているかな」

桑兵衛が言った。

「店にいるふたりは、武士ではないらしい」

唐十郎は、ふたりの言葉遣《づか》いから遊び人らしいことが分かった。ふたりの他に、男の声は聞こえなかった。

「関山は、奥の小座敷にいるかもしれん」

桑兵衛が、そう言ったときだった。

小菊の格子戸《こうしど》が開き、遊び人ふうの男がふたり出てきた。ふたりにつづいて、女将が姿を見せた。女将はふたりの客を見送りに、店の戸口まで出て来たらしい。

唐十郎たちは以前、関山のことを探りに来て女将と話したことがあったので、すぐに女将と分かったのだ。

「あっしが、女将に訊いてきやす」

弐平が、小菊の戸口に足をむけた。

唐十郎たちは、すこし離れた路傍で弐平に目をやっている。

弐平は小走りに、女将に近付いた。

女将は客を見送った後、踵を返して店にもどろうとしたが、背後から近付いてくる足音に気付いたらしく、足をとめて振り返った。

そこへ、弐平が近付き、

「女将さん、済まねえ」

と、声をかけた。

「何か、御用でも……」

女将は、弐平の顔を見ながら訊いた。女将も、弐平のことをどこかで見たような気がしたのだろう。

「関山の旦那は、来てるかい。あっしは、関山の旦那の世話になったことがありやしてね。この店のことを聞いてたんでさァ」

弐平は、咄嗟《とっさ》に思いついたことを口にした。

女将は弐平が言ったことを信じたらしく、

「見えてますよ」

と、小声で言った。

「ひとりかい。なに、旦那の仲間が何人も一緒だと、あっしみてえな男は、店に入《へえ》りづれえ」

弐平が、照れたような顔をして言った。

「関山さま、おひとりですよ」

女将が、笑みを浮かべて言った。

「近くに仲間がいるので、話してから来やす。関山の旦那には、あっしのことは黙っててくだせえ。ふいに顔を出して、驚かせてやりてえ」

弐平が、もっともらしく言った。

「分かりましたよ。お客さんが来るのを待ってます」

そう言って、女将は小菊にもどった。

弐平は唐十郎たちのいる場にもどると、女将とのやり取りを簡単に話した後、

「店にいる客は、関山ひとりのようですぜ」

と、言い添えた。

「関山を討とう」

桑兵衛が語気を強くして言うと、唐十郎たち三人がうなずいた。

唐十郎、桑兵衛、弥次郎の三人は、戦いの身支度《みじたく》を始めた。身支度といっても、袴《はかま》の股《もも》だちを取り、刀の目釘《めくぎ》を確かめるだけである。

「何とか、関山を外に連れだしたい。狭い店のなかでやり合うと、味方からも犠牲者《ぎせいしゃ》が出る」

桑兵衛が言った。

「あっしが、外に連れ出しやしょうか」

弐平が言った。

「関山は、どこかで弐平の顔も見ているはずだ。おれたちの仲間と知れれば、その場で斬られるぞ」

桑兵衛が眉《まゆ》を寄せた。

「頬《ほ》っかむりでもして行きやす。なに、店のなかは暗《くれ》え。うまく話せば、あっしと気付かねえ」

そう言って、弐平は小菊に足をむけた。

「弐平、無理をするな」

桑兵衛が、弐平の後ろから声をかけた。

3

ひとりになった弐平は、小菊の戸口に身を寄せた。店内から、くぐもった声が聞こえた。男と女が話している。女は、女将らしい。男の声ははっきり聞き取れなかったが、武家言葉だったので、関山とみていいだろう。

弐平は手拭《てぬぐ》いで頰っかむりしてから、小菊の戸口の格子戸を開けた。店のなかは、薄暗かった。土間の先の小座敷に、男と女の姿があった。暗いので誰なのかはっきりしないが、男が武士であることは分かった。

「いらっしゃい」

と、女の声がした。聞き覚えのある女将の声である。

女将が立ち上がると、

「客か」

と、関山と思われる武士が訊いた。

「そうですよ」

女将はそう言い、小座敷から土間に下りた。

弐平は女将がそばに来るのを待って、

「座敷にいるのは、関山の旦那ですかい」

と、奥にいる武士にも聞こえる声で訊いた。

「そうですけど……」

女将が不審そうな顔をして、弐平を見た。弐平が手拭いで頬っかむりし、いきなり関山の名を口にしたからだろう。

不審そうな顔をしたのは、女将だけではなかった。奥の小座敷にいた関山も、弐平に不審をもったらしく、

「俺のことを知ってるようだが、おまえの名は」

と、脇に置いてあった大刀を引き寄せながら訊いた。

「弐平と申しやす」

弐平は名を隠さなかった。関山は、弐平の名は知らないとみたのである。

「それで、俺に何の用だ」

「表で、旦那に用がある方が待ってやす」

弐平が、関山を見据えて言った。

「誰が待っているのだ！」

関山の声が、急に大きくなった。

「顔を見れば、分かりやす」

「狩谷道場のやつらか」

関山が、道場の名を出して訊いた。

「見れば、すぐに分かりやす。それとも、臆病風《おくびようかぜ》に吹かれて、逃げ出しますかい」

弐平が揶揄《やゆ》するように言った。

「うむ……」

関山の顔に、戸惑《とまど》うような表情が浮いた。店の外にいる者が、狩谷道場の者と分かったのだろう。

「旦那、あっしが旦那と一緒に外に出ねえと、すぐに店に踏み込むことになってるんでさァ。この店のなかで、斬り合いやすか」

弐平が言った。

これを聞いた女将が、

「こ、困ります」

と、声を震わせて言った。顔が、蒼褪《あおざ》めている。

「店から出よう」

関山が大刀を手にして、小座敷から出てきた。

「やっぱり、旦那は分かりが早《はえ》」

弐平は関山を目にしたまま後退《あとずさ》りして戸口まで来ると、開いたままになっていた格子戸の間から外に飛び出した。

すこし遅れて店を出た関山は、戸口近くに足をとめたまま周囲に目をやった。唐十郎たちを探したらしい。

店からすこし離れた場に立っていた唐十郎が、

「関山、ここだ!」

と、声を上げ、足早に関山の前に行って対峙《たいじ》した。

一方、桑兵衛は唐十郎がいた場所に残り、関山に目をやっている。この場は唐十郎に任せる気らしいが、唐十郎が危ういと見れば、飛び出して助太刀《すけだち》にくわわるはずだ。

「関山、うぬらに殺された青山の敵《かたき》を討つ!」

唐十郎が、関山を睨むように見据えて言った。

「返り討ちにしてくれるわ！」

関山が言いざま、刀を抜いた。

唐十郎と関山の間合は、およそ二間半――。真剣勝負の立ち合いの間合としては、すこし近い。

唐十郎が刀を抜かず、柄《つか》に右手を添えて立っているため、刀身を手にして向かい合うときより、間合が近くなっているのだ。

唐十郎と関山は、対峙したまま動かなかった。ふたりとも、全身に斬撃の気配を見せて、気魄《きはく》で攻め合っている。

どれほどの時間が経《た》ったのか。ふたりは勝負に集中していたため、時間の経過の意識がなかった。

そのとき、関山の爪先《つまさき》で、カチッというちいさな音が聞こえた。わずかに踏み出した関山の足の指先が、地面の小石を踏んだのだ。

その小石の音で、唐十郎と関山の全身に斬撃の気がはしった。

タアッ！

トオッ！

ふたりの気合が、ほぼ同時に響いた。

唐十郎は一歩踏み込みざま、気合と同時に抜刀《ばっとう》した。シャッ、という刀身の鞘走《さやばし》る音がし、閃光《せんこう》が袈裟《けさ》にはしった。

迅《はや》い！　居合の神速の一刀である。

関山も抜刀し、青眼《せいがん》に構えようとした。だが、唐十郎の居合の初太刀《しょたち》に比べると、あまりに遅い。

関山の右袖が裂け、あらわになった右の前腕から血が飛び散った。唐十郎が居合で抜いた刀の切っ先が、関山の前腕をとらえたのだ。

関山は後ろによろめいたが、体勢をたて直し、青眼に構えた。

一方、唐十郎は抜刀してしまったので、刀身を引いて脇構えにとった。居合の呼吸で、脇構えから敵を斬るのだ。

「居合が抜いたな」

関山が顔をしかめて言った。青眼に構えた刀の切っ先が、小刻みに震えていた。斬られた右の前腕から、血が流れ出ている。

唐十郎と関山は二間半ほどの間合をとり、脇構えと青眼に構えたまま動かなかった。関山は腕の傷の痛みから、青眼に構えた刀の切っ先を大きく揺らした。そして、関山の構えが崩れたとき、

「関山、刀を引け！　勝負あったぞ」

唐十郎が、声をかけた。

「まだだ！」

叫びざま、関山がいきなり斬り込んできた。

牽制《けんせい》も気魄で攻めることもなかった。関山は青眼の構えから刀を振り上げ、気合も発せず、袈裟に斬り込んできたのだ。

唐十郎は右手に体《たい》を寄せて、関山の切っ先をかわした。そして、一歩踏み込みざま刀身を横に払った。

唐十郎の切っ先が、関山の首をとらえた。

ビュッ、と血が赤い筋になって飛んだ。関山の首の血管《ちくだ》を切ったらしい。

関山は血を撒《ま》きながらよろめき、足をとめると、腰から崩れるように倒れた。地面に俯《うつぶ》せに倒れた関山の首の傷口から、血が流れ出ている。

関山は悲鳴も呻《うめ》き声も上げなかった。いっとき、四肢《しし》が小刻みに顫《ふる》えていたが、その動きもとまった。息の音が聞こえない。

「死んだ」

唐十郎が小声で言った。

近くで唐十郎と関山に目をやっていた桑兵衛、弥次郎、弐平の三人が、唐十郎のそばに走り寄った。

「見事、関山を討ったな」

桑兵衛が、ほっとしたような顔をして言った。

弥次郎と弐平の顔にも、安堵《あんど》の色があった。

「危うかった。……居合の初太刀で、仕留められなかったのだ」

唐十郎が、地面に横たわっている関山に目をやって言った。

「この死体《ほとけ》は、どうしやす」

弐平が小声で訊いた。

「ここに捨てて置けないな。人が通る」

唐十郎が言った。

「店の脇まで、運びやすか。店の者が気付いて、死体を始末するはずでさァ」

「そうしよう」

桑兵衛が、その場にいた男たちに目をやって言った。

唐十郎たち四人は死体の四肢を持って、小菊の脇まで運んだ。そのとき、店内から、物音が聞こえた。戸口近くに人がいるらしい。女将が入口の格子戸の隙間から、外の様子を見ていたのかもしれない。

　唐十郎は戸口近くに身を寄せ、

「女将か」

と、声をかけた。

　店内からは何の返事も聞こえなかったが、格子戸の向こうで、乱れた息の音がかすかに聞こえた。

　女将は迂闊《うかつ》に店から出ると、外にいる唐十郎たちに斬り殺されると思ったのかもしれない。

「女将、後で関山の亡骸《なきがら》を葬ってやるんだな。店の脇に、骨になるまで置かれたら、関山も浮かばれないだろう」

　唐十郎が言った。

　格子戸の向こうから、返事はなかった。ただ、下駄で土間を踏むような音がかすかに聞こえた。女将は、格子戸のむこうで、身を顫わせているらしい。

　唐十郎たちはそれ以上何も言わず、小菊の前から離れた。そして、唐十郎たちが小菊から半町ほど離れたとき、女の絹《きぬ》を裂くような悲鳴が聞こえた。

　女将は小菊から出て、店の脇に置かれていた関山の亡骸を目にしたようだ。

唐十郎たちは、振り返らなかった。足早に来た道を帰っていく。

4

「木刀の素振りだ！」

桑兵衛が、六人の男に目をやって言った。

狩谷道場に、七人の男がいた。桑兵衛、唐十郎、弥次郎の三人の他に、若い門弟が四人いる。

唐十郎たちが関山を討ち取り、殺された門弟、青山源之助の敵を討ってから、五日経っていた。

唐十郎たちは、関山を討ち取ったことを口外してまわったわけではないが、噂《うわさ》を耳にした門弟たちが、ひとり、ふたりと道場に姿を見せ、桑兵衛たちから指南を受けるようになったのだ。

道場にいる四人の門弟も、三日前から道場に来るようになり、今日も桑兵衛や唐十郎の指南を受けていた。

唐十郎たちは素振りをつづけ、体にうっすら汗をかくようになると、

「しばらく稽古《けいこ》から離れていたので、真っ向両断からだ」

桑兵衛が言った。

真っ向両断は、小宮山流居合の初伝八勢と呼ばれる技のひとつで、もっとも基本的なものだった。桑兵衛はしばらく居合の稽古から離れていたこともあって、体を解《ほぐ》すために真っ向両断から取り組むよう指示したのだ。

唐十郎たち六人は手にした木刀を道場の隅に置くと、刀を腰に帯び、すこし間を取って横一列に並んだ。

桑兵衛は、師範座所の前に立っている。

「まず、唐十郎と弥次郎のふたりで、やってみろ」

桑兵衛が、ふたりに声をかけた。腕の立つ唐十郎と弥次郎に基本的な技をやらせ、四人の若い門弟に体の動きや抜刀の呼吸、太刀筋などを見せるためである。

「はい！」

と、唐十郎と弥次郎が同時に応《こた》え、腰に差した刀の柄に右手を添えた。

「真っ向両断、いきます！」

唐十郎が声を上げた。

そして、つつつッ、と前に踏み込み、タアッ！　と鋭い気合を発しざま、抜き放った。シャッ、という抜刀の音がした次の瞬間、閃光が弧を描いた。そして、唐十郎は真っ向に振り下ろした刀身を膝《ひざ》のあたりでぴたりととめた。

太刀捌きが速く、見ている者には、一瞬閃光が目に映じただけかもしれない。間を置かず、弥次郎が素早い動きで踏み込み、鋭い気合を発して真っ向へ斬り込んだ。弥次郎の動きも太刀筋も、唐十郎と変わらなかった。

桑兵衛は唐十郎と弥次郎が刀身を鞘に納めて、そばにもどるのを待ち、

「ふたりの太刀捌きを見たな」

と、四人の門弟に目をやって言った。

「はい！」

四人は、ほぼ同時に応えた。四人とも目が輝いている。

「前に、敵がいるとみてな。真っ直ぐ踏み込んで、真っ向へ斬り込むのだ。……速さは気にせず、刀を抜くときの姿勢と太刀筋に気をくばれ」

桑兵衛が、門弟たちに言った。

四人の門弟は間合をとって横に並び、それぞれが踏み込みながら気合とともに真っ向へ斬り込んだ。

「いい動きだ。……もう、一度！」

桑兵衛が声をかけた。

四人の門弟はすぐに刀を鞘に納め、元の場所にもどって横に並んだ。

四人の稽古が、半刻（一時間）ほどつづいたろうか。四人の顔や首筋に汗が流れるようになったころ、道場の表戸の開く音がした。そして、何人かの足音が聞こえた。

足音は、道場の板戸の前でとまり、

「狩谷の旦那たちは、いやすか」

と、弐平の声がした。

「いるぞ」

桑兵衛が言った。

「青山道場の高弟木島勝三郎さまと、ご門弟の峰次郎《みねじろう》さまをお連れしやした」

弐平が、声高《こわだか》に言った。

「源之助の件か」

唐十郎は、峰次郎という男と会ったことがなかった。

「ともかく、話を聞いてみよう」

桑兵衛が言った。

道場内にいた四人の門弟は、戸口近くの道場の脇に身を寄せて座した。桑兵衛たちの話の邪魔にならないように離れたらしい。

勝三郎に同行したのは、十二、三歳と思われる若侍だった。

勝三郎は若侍と一緒に桑兵衛たちと対座すると、

「峰次郎は、青山道場の弟子でした。実は、こちらの道場の方々が、源之助どのの無念を晴らしてくれたことを話したところ、峰次郎が、自分もこちらの道場に入門し、居合の稽古をしたいと申しましたので、連れてきたのです」

勝三郎の紹介が終わると、

「峰次郎でございます」

そう名乗って、峰次郎が桑兵衛たちに深々と頭を下げ、

「剣術の稽古して、強くなりたいのです。どうか、門弟のひとりに加えてください」

と、その場にいた桑兵衛、唐十郎、弥次郎の三人に目をやって訴えた。

桑兵衛は頭を下げている峰次郎に顔をむけ、

「峰次郎、居合を身につけたいなら、今日から稽古にくわわってもよいぞ」

と、強い響きのある声で言った。

「ありがとうございます」

峰次郎が声を上げ、額《ひたい》が道場の床に着くほど頭を下げた。

これを見た唐十郎が、

「峰次郎、一緒に稽古しよう」

と言って、峰次郎の肩に手を置いた。

「は、はい！」

峰次郎は顔を上げ、唐十郎と桑兵衛に目をむけると、あらためて頭を下げた。

「稽古を始めるぞ！」

唐十郎が、戸口近くに座していた四人の門弟に声をかけた。

「はい！」

と門弟のひとりが声を上げ、傍《かたわ》らに置いてあった刀を手にして立ち上がった。すると、そばにいた三人も立ち、道場の中程に出てきた。

道場内に、門弟たちの気合、抜刀の音、床を踏む音などが響いた。

「いつもの道場に、もどったな」

桑兵衛が、目を細めて言った。

勝三郎の顔にも、笑みが浮いた。穏やかな顔である。源之助を亡くした心の傷が、消えたのかもしれない。

追討　介錯人・父子斬日譚

一〇〇字書評

切・り・取・り・線

購買動機（新聞、雑誌名を記入するか、あるいは○をつけてください）

□（　　　　　　　　　　　）の広告を見て	
□（　　　　　　　　　　　）の書評を見て	
□ 知人のすすめで	□ タイトルに惹かれて
□ カバーが良かったから	□ 内容が面白そうだから
□ 好きな作家だから	□ 好きな分野の本だから

・最近、最も感銘を受けた作品名をお書き下さい

・あなたのお好きな作家名をお書き下さい

・その他、ご要望がありましたらお書き下さい

住所	〒				
氏名		職業		年齢	
Eメール	※携帯には配信できません	新刊情報等のメール配信を 希望する・しない			

この本の感想を、編集部までお寄せいただけたらありがたく存じます。今後の企画の参考にさせていただきます。Eメールでも結構です。

いただいた「一〇〇字書評」は、新聞・雑誌等に紹介させていただくことがあります。その場合はお礼として特製図書カードを差し上げます。

前ページの原稿用紙に書評をお書きの上、切り取り、左記までお送り下さい。宛先の住所は不要です。

なお、ご記入いただいたお名前、ご住所等は、書評紹介の事前了解、謝礼のお届けのためだけに利用し、そのほかの目的のために利用することはありません。

〒一〇一－八七〇一
祥伝社文庫編集長　坂口芳和
電話　〇三（三二六五）二〇八〇

祥伝社ホームページの「ブックレビュー」からも、書き込めます。
www.shodensha.co.jp/bookreview

祥伝社文庫

追討《ついとう》 介錯人《かいしゃくにん》・父子斬日譚《ふしざんじつたん》

令和 3 年 5 月 20 日 初版第 1 刷発行

著 者 鳥羽亮《とばりょう》
発行者 辻 浩明
発行所 祥伝社《しょうでんしゃ》
東京都千代田区神田神保町 3-3
〒101-8701
電話 03（3265）2081（販売部）
電話 03（3265）2080（編集部）
電話 03（3265）3622（業務部）
www.shodensha.co.jp

印刷所 萩原印刷
製本所 ナショナル製本
カバーフォーマットデザイン 中原達治

Printed in Japan ©2021, Ryō Toba ISBN978-4-396-34731-4 C0193

祥伝社文庫の好評既刊

鳥羽亮
妖剣おぼろ返し　新装版
介錯人・野晒唐十郎⑧

唐十郎に立ちはだかる、居合術最強の敵。唐十郎の鬼哭の剣は、おぼろ返しにどこまで通用するのか⁉

鳥羽亮
鬼哭《きこく》霞飛燕《かすみひえん》　新装版
介錯人・野晒唐十郎⑨

同門で競い合った男が敵として帰ってきた。かつて男の妹と恋仲であった唐十郎の胸中は――。

鳥羽亮
怨刀《おんとう》鬼切丸《おにきりまる》　新装版
介錯人・野晒唐十郎⑩

唐十郎の叔父が斬殺され、献上刀〝鬼切丸〟が奪われた。さらに、叔父の仇討ちに立ちはだかる敵！

鳥羽亮
真田幸村《さなだゆきむら》の遺言（上）　奇謀《きぼう》

〈徳川を盗《と》れ！〉戦国随一の智将が遺した豊臣家起死回生の策とは一体⁉豪剣・秘剣・忍術が入り乱れる！

鳥羽亮
真田幸村の遺言（下）　覇《は》の刺客

まさに悲願の時――吉宗に立ちはだかる御三家筆頭・尾張。亡き幸村が描いた、最後の天下分け目の戦が始まる。

鳥羽亮
右京烈剣　闇の用心棒⑪

秘剣〝虎の爪〟敗れる⁉　最強の夜盗が跋扈《ばっこ》するなか、殺し人にして義理の親子・平兵衛と右京の命運は？

祥伝社文庫の好評既刊

鳥羽亮

悪鬼襲来　闇の用心棒⑫

非情なる辻斬りの秘剣〝死突《しにづ》き〟。父の仇を討つために決死の少年。平兵衛は相撃ち覚悟で敵を迎えた！

鳥羽亮

風雷　闇の用心棒⑬

風神と雷神を名乗る二人の刺客襲来で、平兵衛に最大の危機が⁉　殺された仲間の敵を討つため、秘剣が舞う！

鳥羽亮

殺鬼狩り　闇の用心棒⑭

右京が凶刃に襲われた！　江戸の闇世界の覇権を賭けた戦いが幕を開ける。人斬り平兵衛、最後の一閃！

鳥羽亮

冥府《めいふ》に候《そうろう》　首斬り雲十郎《うんじゅうろう》

藩の介錯人となるべく江戸で学ぶ鬼塚《おにづか》雲十郎。だが政争に巻き込まれ……居合の剣〝横霞〟が疾る！

鳥羽亮

殺鬼《さつき》に候　首斬り雲十郎②

秘剣を破る、二刀流の剛剣の刺客現わる！　雲十郎は居合と介錯を融合させた新たな秘剣の修得に挑んだ。

鳥羽亮

死地《しち》に候　首斬り雲十郎③

「怨霊」と名乗る最強の刺客が襲来。居合剣〝横霞〟、介錯剣〝縦稲妻〟の融合の剣〝十文字斬り〟で屠る！

祥伝社文庫の好評既刊

鳥羽　亮
奥州乱雲の剣
はみだし御庭番無頼旅④

長刀をふるう多勢の敵を、庭番三人はいかに切り崩すのか？　流派の対立を超えた陰謀を暴く、規格外の一刀！

鳥羽　亮
箱根路闇始末
はみだし御庭番無頼旅⑤

飛来する棒手裏剣……修験者が興した謎の流派・神出鬼没の〝谷隠流〟とは？　忍び対忍び、苛烈な戦いが始まる！

鳥羽　亮
悲笛《ひぶえ》の剣
介錯人・父子斬日譚

その剣はヒュル、ヒュルと物悲しい笛の音のよう――野晒唐十郎の若き日と生前の父を描く、待望の新シリーズ！

鳥羽　亮
迅雷《じんらい》
介錯人・父子斬日譚②

頭を斬り割る残酷な秘剣遣いを討つべく、唐十郎とその父の鍛錬の日々が始まる。隠れ家を転々とする敵は何処《いずこ》に？

鳥羽　亮
仇討双剣《あだうちそうけん》
介錯人・父子斬日譚③

父の敵《かたき》を討ちたいという幼子ふたりに、唐十郎の父・狩谷桑兵衛《かりやそうべえ》が授けた策とは？　貧乏道場の父子、仇討ちに助太刀《すけだち》す！

鳥羽　亮
剣鬼攻防
介錯人・父子斬日譚④

練達の道場主が闇討ちに遭い、斬り捨てられた。その遺児源之助《げんのすけ》に助太刀して、唐十郎らが凶悪な剣鬼を討つ！

〈祥伝社文庫　今月の新刊〉

渡辺裕之
紺碧《こんぺき》の死闘　傭兵代理店・改
反国家主席派の重鎮が忽然と消えた。コロナが蔓延する世界を恐怖に陥れる謀略が……。

安達　瑶
政商　内閣裏官房
政官財の中枢が集う〝迎賓館〟での惨劇。内閣裏官房が暗躍し、相次ぐ自死事件を暴く！

河合莞爾
スノウ・エンジェル
究極の違法薬物〈スノウ・エンジェル〉を抹消せよ。全てを捨てた元刑事が孤軍奮闘す！

南　英男
怪死　警視庁武装捜査班
天下御免の強行捜査チームに最大の難事件！ブラック企業の殺人と現金強奪事件との接点は？

小杉健治
容疑者圏外
夫が運転する現金輸送車が襲われた。共犯を疑われた夫は姿を消し……。一・五億円の行方は？

笹沢左保
取調室　静かなる死闘
完全犯罪を狙う犯人と、アリバイを崩そうとする刑事。取調室で繰り広げられる心理戦！

睦月影郎
大正浅草ミルクホール
未亡人は熱っぽくささやいて――美しい母娘が営む店で、夢の居候生活が幕を開ける！

鳥羽　亮
追討《ついとう》　介錯人・父子斬日譚
兇刃に斃《たお》れた天涯孤独な門弟のため、唐十郎らは草の根わけても敵を討つ！